KB107386

# 은전 세 닢

글 이정원 그림 류지영 · 이동현

해조음

# 은전 세 닢

회색 머리 여자로 내는 또 하나의 책, 딱히 할 말이 없네요. 그러면서도 뭔가 미진해서 이렇게 글로 이야기하고 있군요. 이럴 때면 여지없이 생각나는 한 마디가 있어요.

내 글의 스승이 주신 말씀,

"작가는 작품으로만 말해야 한다."

내 작품이 최고라면 물론 그리할 수 있겠지요. 하지만 내 눈으로 봐도 그건 도저히 아니니, 이렇게 하고 싶은 말을 달 수밖에요.

삼십 년이 훨씬 넘게 써 온, 꽃이 들어간 수필에 어느 날부턴가 제목을 달기가 싫어졌어요. 피어나는 그들의 모습 속에서 꽃값만 읽어 낼 수 있으면 된다는 생각이 들어서지요.

한 편 한 편에 맞춘 그림 그려주느라 겨울의 초입부터 애써준, 항상 든든한 수사님과 아들. 내가 그들의 한 계절을 썼으니 고맙고 미안할 뿐이에요.

성경에 나오는 과부의 은전 두 닢은 그녀가 가진 전부였지요. 나는 원고지에 수사님은 목판에 아들은 캔버스에 담아낸 이 작업이 우리의 전부라고 말할 수는 없지만, 최선이라고는 감히 말할 수 있어요.

그러니 체칠리아와 에프렘과 다니엘의 최선은 각각 은전 한 닢씩이 되고, 그게 모여 봄이 오는 길목에서 은전 세 닢으로 모인 거지요.

최고만이 아닌 최선이 이렇게 의미를 지닐 수 있는 그분의 그늘. 그 그늘을 드러내는 지상에서의 표상 같은 수도원 뜰에 들 수 있는, 무엇과도 바꿀 수 없는 기쁨.

라파엘 신부님과 도미니꼬 수사님, 제자 병국 부부와 책 만들어 주신 분들. 잠 안 오는 밤이면 떠올려 보는 은인들과 남편 알베르또와 함께 『다시, 카라의 찻집』에서처럼 차 한 잔 나누고 싶어요.

• 차 례 •

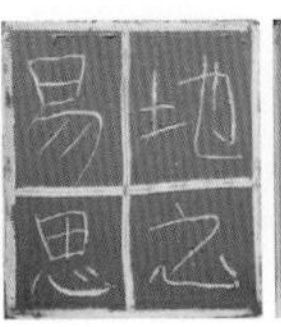

• 꽃값 하나 9

• 꽃값 둘 15

• 꽃값 셋 23

• 꽃값 넷 29

• 꽃값 다섯 37

• 꽃값 여섯 43

• 꽃값 일곱 51

• 꽃값 여덟 57

• 꽃값 아홉 65

• 꽃값 열 71

• 꽃값 열 하나 79

• 꽃값 열 둘 85

• 꽃값 열 셋 91

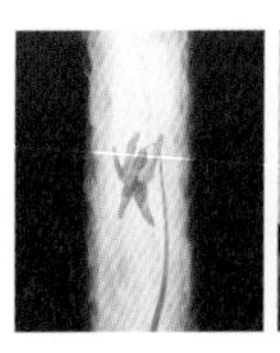
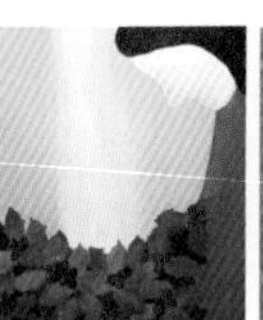

- 꽃값 열 넷 97
- 꽃값 열 다섯 103
- 꽃값 열 여섯 109
- 꽃값 열 일곱 115
- 꽃값 열 여덟 121
- 꽃값 열 아홉 127
- 꽃값 스물 133
- 꽃값 스물 하나 139
- 꽃값 스물 둘 145
- 꽃값 스물 셋 151
- 꽃값 스물 넷 157
- 꽃값 스물 다섯 163
- 꽃값 스물 여섯 169

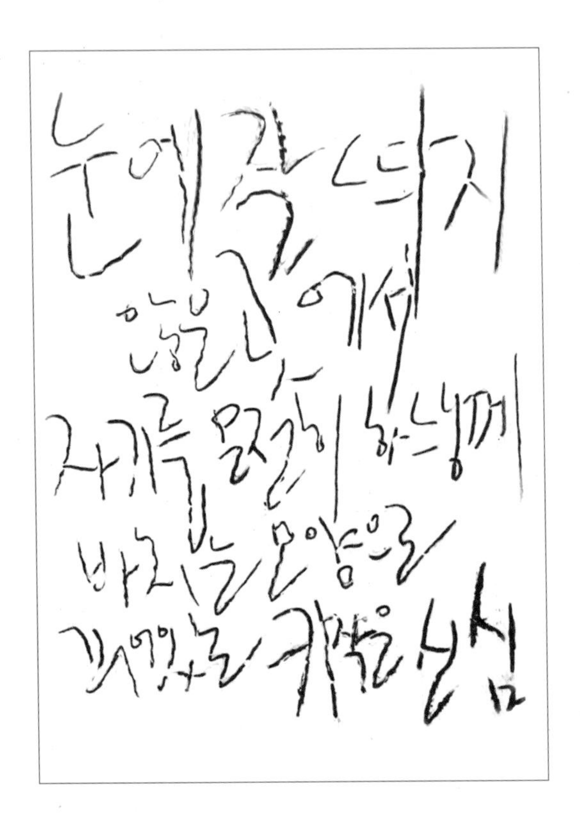

눈에 잘 띄지 않은 곳에서 자기를 온전히

하느님께 바치는 모양으로 피어있는 키 작은 신심.

그게 바로 누구도 지니지 못 하는 저 꽃의 값인지 모른다.

## 꽃값

### 하나

회색의 건물과 빨간 이층 버스의 색채 대비가 인상적인 도시 - 그가 조경 답사기에서 그렇게 묘사한 런던에 도착한 건 하늘길을 간 지 거의 하루가 지나서였어요. 아홉 시간의 시차로 하여 시계는 떠난 날과 똑같은 날로 돌려졌지만요.

워낙 흐린 날이 많고 수시로 비가 내리는 곳이라 우산부터 챙겼는데, 구름은 깔렸어도 의외로 푸른 하늘이었어요. 게다가 그 도시의 상징인 타워 브리지를 보러 가기 위해 나선 첫 걸음에 시클라멘 그 꽃을 보게 될 줄은 몰랐어요.

도로 옆 화단의 둥치 큰 나무 밑에 여러 포기가 심어져 있었는데, 십일월 중순의 날씨에 싱싱한 이파리와 더불어 꽃을 피우고 있다는 게 놀라웠어요. 화분에 심어 키우는 화초로만 알아온 터라, 맨 땅에서 하양과 분홍과 진분홍의 꽃을 피운 모습이 더욱 그랬지요.

강물과 바닷물이 섞여 늘 흙탕물에 가깝다는, 그럼에도 그 나라 사람들이 그토록 사랑한다는 템즈 강변에 서 있는 다리는 크고 작은 고딕풍의 첨탑이 있어 성을 연상시켰어요. 석회암으로 지은 까닭에 눈비를 맞으면서 더욱 단단해져 누런색을 띄게 됐다는 국회의사당은 칠백 년 세월을 느끼게 하기에 충분했고요.

문득 한 장소에 대한 애정은 그곳의 풍경이 만드는 게 아니라, 그것을 대하는 사람들의 시선이 만들어내는 게 아닐까 하는 생각이 들더군요. 비가 오면 오는 대로 해가 나면 나는 대로 순응하며, 어딜 가나 잔디밭을 가꿔 그 푸름에서 활기를 찾는 모습은 그 넓이가 어마어마한 하이드 파크에서도 볼 수 있었지요.

빅토리아 여왕이 남편인 알버트 공에게 헌정했다는 예술의 전당과 금빛으로 빛나는 탑을 보노라니, 나는 나의 남편 – 갑작스럽게 떠나 가누기 힘든 슬픔을 안겨 주기는 했으나, 뒤에 남은 나와 아들로 하여금 자기가 예전에 다녀간 나라를 이렇게 찾아오게끔 해준 알베르또에게 무엇을 해줄 수 있을까 싶더군요.

고속열차인 유로스타를 타고 두 시간 넘게 달려 도착한 파리는 아름다움을 위해 모든 걸 계획하는 도시다웠어요. 바람이 부는 에펠탑 꼭대기에 올라 내려다보니 세느강 양쪽에 불로뉴 숲과 뱅센느 숲이 자리해 있고, 광장을 중심으로 뻗어나간 방사형 도로와 건물들이 어쩌면 그리도 구획정리가 잘 되어 있는지요.

내일을 위해 결코 오늘을 희생하지 않는다는 시민들 또한 도시 가꾸기에 대단한 자긍심을 지녔나더니, 샹제리제 거리로 향하는 길에 본 건물의 베란다에는 진분홍 시클라멘이 핀 화분이 놓여 있어 창밖 풍경을 아름답게 하는 데 일조하고 있더군요.

다음날 교외로 한참을 나가 닿은 베르사이유 궁전. 긴 벽면을 거울로 만들어 촛불 샹들리에의 빛이 반사되게 했다는 거울의 방과 정원을 돌아보는 내내, 그의 목소리가 줄곧 뒤따라 다니는 듯했어요. 그곳만은 꼭 보여주고 싶다던 말이 떠올라서였겠지요.

고속열차 떼제베로 도착한 스위스 로잔역, 거기서 인터라켄으로 이동해 들어간 민속 식당에선 벌써 밝혀진 크리스마스 장식등과 함께 요들송이 울려 퍼졌어요. 이튿날 알프스 산의 한 봉우리인 융프라우를 향해 가는 산악 열차에서 바라본 풍경들은 시선을 어디에 두어도 그대로 그림엽서가 되고 남을 만했지요.

초록색 풀이 깔린 비탈을 오르는가 싶으면 골짜기 어디선가 길게 흘러내려오는 하얀 물줄기, 이어 눈에 들어오기 시작하는 눈 쌓인 겹겹의 봉우리들. 바위를 뚫어서 낸 길까지 통과한 산악 열차가 통과한 곳엔 얼음 동굴 속 곰과 다람쥐 상까지 있어 재미를 더해 주었어요. 전망대의 문을 밀고 나가 마주한, 눈썹까지 휘날리게 만드는 바람 속에 서있는 날카로운 설산의 봉우리. 구름도 날려가고 있는 것 같은 하늘은 푸르다 못해 남빛으로 드리워져 있었어요. 두 팔을 펴고 눈밭에 누우니, 살아오면서 하늘에 이만큼 가까운 적이 있었나 싶어 눈물이 주르르 흐르더군요.

로마를 향해 간 이른 아침, 긴 시간을 기다려 입성한

– 가장 작은 나라이면서 신앙적으로는 가장 큰 나라인 바티칸 시국의 성 베드로 성당. 베드로의 무덤 위에 세워진 성당의 돔 지붕은 사진으로 너무 익숙한 탓에 이미 와본 것 같은 착각마저 들었어요. '천국의 열쇠'를 상징하는 모양이라는 베드로 광장 또한 마찬가지였고요.

성당 안에 들어가 미켈란젤로의 피에타 상을 대하노라니 원 작품을 마주할 때 느껴지는 감동이 이런 거구나 싶었어요. 시스티나 예배당에서 올려다 본 '최후의 심판'과 '천지 창조' 또한 그곳에 발을 들여놓은 사람 모두를 그런 감동으로 묶는 게 아닐까 싶더군요.

그리곤 밖으로 나와 성당 건물의 모퉁이를 도는데, 근위병이 서 있는 계단의 난간 위에 놓인 길고 하얀 화분이 눈에 띄었지요. 그 화분에서 진분홍의 꽃을 피우고 있는 건 다름 아닌 시클라멘. 사랑을 위해 하느님의 명을 어겼던 선녀가 잘못을 뉘우치고 하늘로 가며 벗어던진 날개옷이 꽃잎이 되었다는 그 꽃이었지요.

담겨진 이야기와 더불어, 봉오리일 때는 돌돌 말려 있던 꽃잎이 피어나면서 완전히 위를 향하는 모양새가 마치 하느님께 용서를 구하는 것 같은 자세로 다가오던 꽃을 그곳에서 대하니 갑자기 의미가 깊어지더군요.

"이 최고의 성전을 지탱하고 있는 건 다름 아닌 저 꽃, 눈에 잘 띄지 않은 곳에서 자기를 온전히 하느님께 바치는 모양으로 피어있는 키 작은 신심. 그게 바로 누구도 지니지 못 하는 저 꽃의 값인지 모른다."

첫 도시 런던에서의 만남을 시작으로 내내 눈에 띄던 시클라멘이 바티칸에서 그렇게 만나짐으로 하여, 신앙적인 의미까지 더하게 될 줄은 전혀 예상치 못 했으니. 그것이야말로 긴 여정에서 얻은 가장 빛나는 기쁨이 아니었을까요.

# 꽃값

## 둘

딱히 그럴 생각은 아니었는데도, 다섯 개의 도시를 돌며 그 아름다움에 찬사가 저절로 나오는 성당을 보고 왔다면 성지순례였다고 할 수밖에 없겠지요. 그 여행길에서 남은 게 작은 가면 하나와 아직도 가슴에서 울리는 종소리라면 말이에요.

밀라노에 도착한 것은 늦은 오후, 하얀 대리석의 두오모 성당을 먼저 볼 수 있었어요. 백 개가 넘는 첨탑과 이천 개가 넘는 조각상으로 이루어졌다는 성당의 중앙탑 꼭대기에는 황금색으로 빛나는 성모 마리아 상이 있어 시선을 놓아주지 않았고요.

성당 앞 광장에 서서 올려다보고 또 올려다보는 동안 해가 지기 시작했어요. 그 속에서 서서히 모습을 거두어가는 조각상들은 저마다의 이야기를 품고 있는 듯이 보여 지더군요. 사백 오십 년에 걸쳐 완성이 되었다니, 그 속에 담긴 성서 속 의미는 물론 긴 건축 기간에 생겨난 사연 또한 얼마나 많았겠어요.

밀라노에서 묵고 난 아침은 안개로 시작이 되었어요. 차로 네 시간 쯤 달렸을 때 그 모습을 드러내기 시작한 베니스는 사진으로 대할 때부터 의문을 가지게 한 도시였어요. 사백여 개의 다리와 수로를 통해서만 오간다는 사실이 잘 이해되지 않았거든요.

안개가 깔린 그곳에 닿아 처음 마주한 것 역시 마르코 성인의 무덤 위에 세워졌다는 산마르코 성당이었어요. 성서 속 장면을 색색으로 표현해 낸 모자이크화가 성당 외벽은 물론 성당 안 벽면과 천장을 장식하고 있어 성서 미술관 같은 인상을 주었어요.

물의 골목길은 날렵하게 생긴 곤돌라를 타고서야 지날 수 있었는데, 건물 아래 부분에 붙어 있는 따개비와 굴 껍데기가 회청색 바닷물과 함께 어둡고 습한 느낌으로 다가왔어요. 배에서 내린 사람이 걸어 올랐을 계단은 이끼로 덮여 있고 쇠문은 굳게 닫힌 채로 녹슬어 가고 있어 영화 속 장면을 연상하기엔 무리였고요.

곤돌라에서 내린 뒤 광장 안쪽 골목으로 들어가 보았는데, 색색 가지의 유리 공예품과 가면을 파는 납작한 상점들이 다닥다닥 붙어 있더군요. 한 곳에 들어가 장식이 화려한 가면을 가리켰더니 어찌나 비싼지, 하얀색에 금박을 입힌 작은 가면 하나로 만족해야 했지요.

그리고서 돌아 나오려는데 그 골목이 그 골목 같아 쉽사리 광장 쪽으로 나올 수가 없었어요. 수로 위에 놓인 다리를 이리 건너고 저리 건너며 얼마를 헤맨 끝에 겨우 빠져나왔어요. 외국인에게 몇 번을 물어 길을 찾아내는 아들을 보며, 이제는 아들이 나의 보호자가 되어가고 있구나 하는 생각이 들더군요.

떠나는 뱃전에서 본, 건물 베란다 화분에 피어 있는 다홍색 제라늄은 금방 비가 쏟아질 것 같으면서도 끝내 빗방울은 듣지 않았던 잿빛 날씨여서 더욱 선명한 인상을 남겼어요. 이어 찾아간 피렌체는 르네상스 문화를 꽃피운 도시답게, 온화하면서도 예술적인 분위기

꽃의 선명한 느낌이 그곳에서 들은

성당 종소리의 울림과 일치가 되어 왔던 건,

무언가가 그만큼 분명한 의미로 남았다는 뜻이겠지요.

가 담긴 바람이 안겨오는 곳이었어요.

다비드 상이 서 있는 언덕, 미켈란젤로 광장에서 내려다본 도시의 지붕들은 어쩌면 그렇게 다 똑같이 붉은 벽돌의 색을 띄고 있는지. 마침 들기 시작한 단풍과도 어울려 밝고 부드러운 그 도시의 색을 완성하고 있는 것 같았어요. 도심을 흐르는 아르노 강에 놓인 베키오 다리까지 한 눈에 들어오는 풍경이 너무 평온해서 집 떠나 있음을 잊게 할 정도였어요.

바로 그 때 꽃의 성모 마리아 성당, 아무리 외진 곳에서도 그 일부분이 보인다는 거대한 돔 지붕 앞에 있는 종탑에서 삼종 기도 시간을 알리는 종소리가 울리기 시작했어요. 그 날이 마침 내 축일이었으니 눈물이 핑 돈 건 당연했지요. 분명하다가도 금세 희미해져버려 늘 목마른 가슴이게 하던 성모님의 목소리가 그 종소리를 통해, 오늘 여기에서처럼 늘 너와 함께 있었노라고 확인시켜 주시는 듯했으니까요.

광장에서 내려와 드디어 마주한 성당은 분홍색과 고동색과 청록색이 어우러진 벽면의 꽃잎 문양 창과 어디를 향해도 눈에 들어오는 조각상들로 하여, 그 자체가 하나의 예술 작품 같다는 말 밖에는 달리 표현할 수가 없었어요. 안에 들어가서 본 꽃가지 모양의 촛대도 촛불 꽃이 만발한 꽃나무를 연상시킬 만큼 아름다웠고요.

베니스에서처럼 그 도시의 건물 베란다에도 다홍색 꽃을 피운 제라늄 화분이 놓여 있었어요. 그 꽃의 선명한 느낌이 그곳에서 들은 성당 종소리의 울림과 일치가 되어 왔던 건, 무언가가 그만큼 분명한 의미로 남았다는 뜻이겠지요. 종소리로 바뀌어 가슴에 자리 잡은 하나, 그게 그 꽃의 값이었을 테고요.

반쪽만 남은 형상으로도 충분히 고성의 분위기에 젖게 하는 하이델베르크 성을 돌아보고, 마지막으로 들른 도시 프랑크프루트에서 우연히 들어가게 된 성당. 그곳이 신성 로마 제국 황제들의 즉위식이 열린, 성 바르톨로메오 대성당인 줄은 돌아와서야 알았어요. 비가 내리는 뢰머 광장을 걷고 있노라니 좀 떨어진 곳에 있는 종탑이 올려다 보이더군요.

육중한 문을 밀고 들어간 성당의 벽면에는 놀랍게도, 성서 속 내용이 담긴 – 사실적이면서도 좀 무거운 느낌을 주는 색이 칠해진 조각상들로 채워져 있었어요. 십자가의 길과 피에타상, 성모님의 영면을 지켜보는 사도들의 슬픔이 표현된 작품과 성모님 승천의 광경을 묘사한 작품과 공중에 매달린 예수님의 상까지.

기도는 두고 우선 눈길을 줄 수 있는 것만으로도 가슴이 뿌듯했어요. 그러다 일행이 기다린다는 생각에 서둘러 나와서는 우산도 펴지 못한 채 뛰기 시작했지요. 숨이 턱에 차서 말을 꺼내기조차 힘들었지만 아들과 같은 생각을 주고받으면서요. 가장을 잃고 나서, 그 슬픔을 가누기 위해 떠난 여행이 정말 성지 순례길이 되었다고 말이에요.

'고요한 밤 거룩한 밤' 노래를 사절까지,

그들은 그들 말로 우리는 우리말로 불렀지만 눈물이 핑 도는

기쁨의 의미는 똑같이 받아들일 수 있었으니까요.

꽃값

# 셋

열흘 가까이 이어진 일정 내내 기온이 내려가기만을 바란 겨울 여행이었다면 쉽게 이해가 가세요. 떠나기 전 이곳 날씨가 워낙 추운 데다, 동유럽 국가가 지닌 그동안의 폐쇄성이 추위에 대한 지레 짐작을 하게 한 탓도 있었겠지요.

떠날 채비를 하는 동안 이 정도는 가지고 가야 견딜 수 있을 거야를 반복하며 장갑과 목도리에 털모자가 달린 겉옷과 털 달린 신발까지 챙겨 넣었는데, 준비를 잘못했구나 하는 느낌은 열한 시간을 가서 도착한 체코의 프라하 하벨 공항에서부터 안겨 왔어요. 브루노라는 도시로 이동하기 위해 버스를 타려고 밖으로 나가자, 훅 하고 다가오는 공기가 도무지 겨울이 아니었거든요.

두 시간 반을 달려 도착한 호텔 앞에서는 여러 색깔의 선물 상자가 담긴 마차가 크리스마스 분위기를 내고 있었지만, 옆 화단에 쌓인 눈은 녹아서 잦아드는 중이었어요. 게다가 저녁으로 먹은 생선 구이에 커피는 왜 또 안 나오는 건지. 방에는 인심 박하게 물 밖에는 없어, 두꺼운 옷 대신 커피를 넣었어야 하는 건데 하는 후회가 밀려왔어요. 그나마 아침 식사 때는 커피를 마실 수 있어 기분이 한결 나아졌지만요.

다음날 폴란드의 크라코프로 이동해 점심을 먹기 위해 들어간 조그마한 식당에서였어요. 문에서 마주친 은발의 부인과는 웃음으로 인사를 나누며 손을 마주 잡을 만큼 여유가 생겨나 있었어요. 내 머리 또한 은발이니, 입의 언어는 달라도 살아오면서 체득한 마음의 언어가 연륜이라는 이름으로 통해서였겠지요. 그 부인이나 나나 그간의 세월 속에서 겪어낸 일이야 비슷비슷할 테니 말이에요.

그리고서 찾아간 비엘리치카의 소금광산은 그야말로 소금의 바위가 만들어낸 지하 왕국이더군요. 수십 개의 계단을 통해 내려간 곳에 숱한 방이 있고, 방마다 그곳에서 일했던 광부들이 새긴 조각이 있다니. 눈으로 보면서도 믿기 힘든 광경들이 펼쳐졌어요.

아무리 만져 보아도 돌로만 여겨지는 소금으로 만들어진 샹들리에와 성모상과 폴란드 출신 교황의 인자한 미소까지 더해, 종교적인 감흥으로 가득 채워진 곳을 다녀갈 수 있음에 감사했어요. 다니는 내내 너무 후텁지근해서 외투는 줄곧 벗어서 안고 다녀야 했지만요.

다시 크라코프 시내로 돌아왔을 때는 어둠이 내리기 시작했어요. 둥치 굵은 나무들 사이로 이어지는 공원 풍경이 마치 내가 영화 속 한 장면에 들어와 있는 듯한 착각에 빠지게 했지요. 옆에 세워진 성모 마리아 성당 안에서는, 마침 크리스마스 직전이라 일 년에 두 번 의무적으로 보아야 하는 고백성사를 위한 줄이 길게 이어져 있었어요.

성당 주변 광장에는 갖가지 크리스마스 장식을 파는 시장이 서 있었고요. 자질구레한 장식품을 사서 정성

스레 집안을 꾸미고 온 가족이 모여 크리스마스 이브를 지내는 게 그들의 생활 방식이라더니, 그 말이 실감날 만큼 많은 사람이 북적이더군요. 나도 다섯 색깔의 원석이 박힌 십자가 목걸이를 사서 목에 걸었어요.

다음날 찾아간 오슈비엥침, 안네의 기억을 안고 들어선 아우슈비츠 수용소에서는 비가 내리는 오후임에도 불구하고 자꾸만 입안이 마르더군요. 말을 잇기가 어려운 게 아니라, 아예 말을 할 수가 없었다는 표현이 맞았을 거예요.

전체가 스물여덟 동으로 되어 있는 그 붉은 벽돌 건물들, 희생자 박물관에 전시된 머리카락과 안경테와 의족과 옷가지와 가방들을 대하면서는 내가 그 고통 속으로 끌려들어가는 느낌마저 들었어요. 군데군데 얼룩이 남아 있는 가스실에서는 그래서 온 몸이 오그라드는 듯했고요.

그곳에서 좀 떨어진 곳에 있는, 아우슈비츠의 스무배 크기라는 비르케나우 수용소의 열차 노선이 완전히 끝나는 부분. 그곳에 발길이 닿는 순간 강하게 든 생각이 무엇이었는지 아세요. 나치가 앗아간 건 유대인의 목숨이 아니라, 옷과 구두가 든 가방을 든 채 그 열차를 타고 도착한 그들의 삶의 의지라는 것. 살 수 있으리라는 소망을 실어 날라 열차에서 내리자마자 꺾어버린 건 그냥 목숨을 빼앗은 것보다 더 잔인한 일일지 모른다는 사실이요.

그 처연한 느낌만으로 여행이 계속 되었다면 견디지 못 하고 돌아왔을지도 몰라요. 하지만 안개 자욱한 길을 달리고 또 달려 도착한 슬로바키아 타트라 산맥 근처의 산장은 켜져 있는 가로등 모양부터 동화적인 분위기에 흠뻑 빠져들게 했어요. 날씨는 여전히 푸근했지만, 주변에는 그래도 제법 눈이 쌓여 있어 모처럼 겨울 정취를 느끼게도 했고요.

벽난로 옆에서 포도주를 마신 저녁도 좋았지만, 더할 수 없이 아름다웠던 건 아들과 함께 근처 작은 성당에서 드린 성탄 자정 미사. 신부님부터 신자에 이르기까지 모두 코가 높은 사람들 사이에서 딱 우리 둘만이 끼어서 본 미사는 말은 달라도 기꺼이 소통이 되고 남는 시간이었어요.

'고요한 밤 거룩한 밤' 노래를 사절까지, 그들은 그

들 말로 우리는 우리말로 불렀지만 눈물이 핑 도는 기쁨의 의미는 똑같이 받아들일 수 있었으니까요. 그러기에 옆 자리의 부인과 서로 눈가를 훔치며 평화의 인사도 나눌 수 있었던 거겠지요.

제대 앞에 장식된 하얀 꽃잎의 포인세티아가 – 자잘한 꽃은 잎이 모인 가운데 있고 실은 하얀 잎이 꽃잎으로 보이는 거지만 – 늘 대해온 빨간 포인세티아보다 인상적이었던 건, 그곳까지 찾아가 미사를 드리는 마음이 전보다 훨씬 순명에 가까워졌기 때문이었을까요.

눈길을 걸으며 내가 이 여행을 하기 위해 지불한 값이 어쩌면, 저 꽃을 대하기 위한 값은 아니었을까 하는 생각마저 들더군요. 그 미사는, 이미 지나간 날이나 남아 있는 날 안에서 가장 빛나는 크리스마스의 기억으로 자리 잡고 남을 테니 말이에요.

# 꽃값

## 넷

헝가리 부다페스트에서 어느 곳에서보다 강한 정신력을 느끼며, 겨울 더위에 조금은 늘어져 있던 몸이 힘을 빋게 될 줄은 미처 몰랐어요. 꺾이지 않는 지항 정신의 표상처럼 자리 잡은 도시라서 미리 그 느낌을 안고 발을 들여 놓은 탓도 물론 있겠지만요.

뾰족한 고깔 모양의 탑으로 세워진 어부의 요새, 나라를 세운 일곱 개 부족을 상징한다는 그 탑들에 어부라는 말이 붙은 건 바다가 먼 지형 탓이라고 하더군요. 그만큼 물고기가 귀했기에 어부의 존재 또한 중요해서라고요. 옆에 서 있는 마챠시 사원의 정교한 조각들은

기도하고 일하라는 청빈의 성인이

그 꽃으로 화해 화려한 장식들을 제치고

거기 머물러 있는 듯했으니까요.

여러 색 타일을 이용한 지붕과 더불어 이슬람 성전의 느낌을 주었어요.

안개가 너무 자욱해, 마치 유령이라도 나올 것 같은 겔레르트 언덕에 올랐지만 아무 것도 볼 수가 없어 아쉬웠어요. 언덕 남쪽에 있는 부다 왕궁 앞의 사자상은 그 밑에 가서 서니, 앞발의 힘에 눌리기라도 하듯 어깨가 움츠러들더군요. 부다 지구와 페스트 지구 사이를 흐르는 다뉴브 강 위에 세워진 세체니 다리 또한, 양쪽에 세워진 사자상 때문에 사자 다리라고도 불린다니 그 나라 사람들의 사자 사랑을 알 만했어요.

원주 기둥 꼭대기에 가브리엘 천사가 서서 내려다보는 가운데, 부족을 이끈 부족장의 기마상과 국왕의 상들이 늘어서 있는 영웅광장에서는 그 나라의 독립과 자유를 위해 싸운 이들의 정신이 가슴으로 밀려들어 오는 듯했고요.

그리고서 유람선을 타고 흐르며 바라본 국회 의사당과 부다 왕국의 야경. 안개가 자욱해 더욱 몽환적인 분위기를 자아내는 그 노란 불빛을 바라보며 차를 마시노라니, 이게 꿈속의 현실은 아닐까 싶을 정도로 모든 기억이 아스라해지더군요.

가운데를 판 둥근 빵에 담긴 스프와 함께 햇포도로 담근 술로 늦은 저녁을 먹는 동안 백발의 악사는 반갑게도 바이올린으로 아리랑을 연주해 주는 거였어요. 그 덕분에 내가 어디서 사는 사람인가를 인식하고 금세 현실로 돌아와 아쉽기도 했지만, 역시 이국의 여행지에서 듣는 우리 노래는 눈물을 글썽이며 따라 부를 만큼 정겨웠어요.

몇 번을 망설인 끝에 털 달린 겉옷의 내피를 빼고 입기로 한 결정은 얼마나 잘한 거였는지요. 오스트리아 비엔나로 들어서면서는 기온이 더욱 올라, 바람은 좀 찼지만 벌써 봄기운이 밀려오고 있는 듯한 느낌이 들기까지 했으니까요.

베르사이유 궁전을 본떠 만들었다는 쉔부른 궁전에서부터 슈테판 성당에 이르기까지, 합스부르크 왕가의 힘을 느끼게 하지 않는 곳이 없는 도시가 그곳이더군요. 열여섯 명의 자녀를 낳아, 그 중 하나인 마리 앙트와네트를 프랑스로 시집보내고 그 딸이 자기 시대에 만들어진 단두대의 이슬로 사라지는 비극의 역사를 쓰고만 여왕 마리아 테레지아.

그와는 다른 빛깔로 그 도시를 지배하는 또 한 사람이 모차르트였어요. 그의 결혼식과 장례식이 있어 더욱 유명해졌다는 슈테판 성당에서는 지하묘지에 들어가 볼 수가 있었어요. 원래는 미리 신청한 사람만 입장이 가능하다는데, 그런 줄도 모르고 줄 선 사람들의 끄트머리에 붙어 서 있다가 딸려 들어간 거였어요.

돌로 된 그곳에는 왕가의 유해를 담은 목관과 내장을 담은 함과 더불어, 흑사병으로 죽은 이천여 명 사람들의 뼈가 다리는 다리대로 팔은 팔대로 머리는 머리대로 차곡차곡 쌓아져 있었어요. 그렇게 보관되어 있는 유골의 주인들이 아직도 이곳에 머물고 있지는 않을까 하는 생각이 드니 좀 두렵기도 했지요.

사암으로 지어진 성당 외벽 또한 비와 바람에 꺼멓게 변한 부분이 많아, 웅장하기는 해도 밝은 분위기는 아니었거든요. 그래서였을까요. 그 앞에서 찍은 사진의 표정은 매우 무거워, 쉽게 벗어나지지 않는 삶의 그늘 속에 서 있는 듯한 느낌을 주었어요.

그동안 이어진 일정 동안 그렇게 파란 하늘을 본 건

처음이었어요. 내피를 빼고 입은 옷으로 하여 어깨가 한결 가뿐한 데다가, 여행을 떠날 때부터 가장 기대를 한 곳이어서 설렘이 컸어요. 오래전 '장미의 이름'이라는 책을 통해 와 본 적이 있는 멜크 수도원.

비엔나에서 한 시간 떨어진 바카우 지역은 포도주로 유명한데, 꼭대기에 요새처럼 서 있는 수도원은 푸른 하늘빛과 대비되는 노란빛이라 더욱 인상적이었어요. 수사들이 성경을 필사하던 방과 천장까지 책이 꽂혀진 장서각을 둘러보고 성당으로 들어갔는데, 지금껏 보아온 어떤 성당보다 금빛 내부가 화려하더군요.

수도원의 주보성인인 베네딕도 성인을 느끼게 하는 유일한 것이 제대 앞에 놓인 하얀 포인세티아였다면 믿으시겠어요. 기도하고 일하라는 청빈의 성인이 그 꽃으로 화해 화려한 장식들을 제치고 거기 머물러 있는 듯했으니까요. 베네딕도 수도회의 봉헌회 회원이 된 저로서는 또다시, 그 꽃의 값이 가장 소중한 여행의 값이 되어 다가오는 순간이었지요.

그 후에 찾아간 호숫가 마을 짤쯔캄머굿과 할슈타트에서는 백조가 떠다니는 그림 속 같은 풍경에 그저 감탄이 나올 뿐이었어요. 붉은 벽돌집들이 중세의 분위기를 물씬 풍기는 체스키크롬로프에서도 역시 마찬가지였고요. 아니, 뭔가 있을 것 같아 분주하게 돌아다닌 광장 주변의 골목골목 집들은 거의가 기념품을 파는 상점일 뿐이었지요.

마지막 여행지인 체코 프라하에서는 그 유명한 천문시계와 비투스 성당과 조각상이 양쪽으로 늘어선 카를교를 돌아보며 온종일 돌아다니느라 발바닥이 아플 지경이었어요. 인형극을 보지 못한 아쉬움에 조그마한 목각 소녀를 하나 사서 주머니에 넣고 내 거처인 수리산 자락으로 돌아오니, 눈이 엄청나게 쌓여 있고 날씨도 꽤나 춥더군요. 손을 불며 다닐 겨울 여행을 예상하고 떠났는데, 이곳이 오히려 그 정취를 자아내고 있어 웃음이 나오는 거였어요.

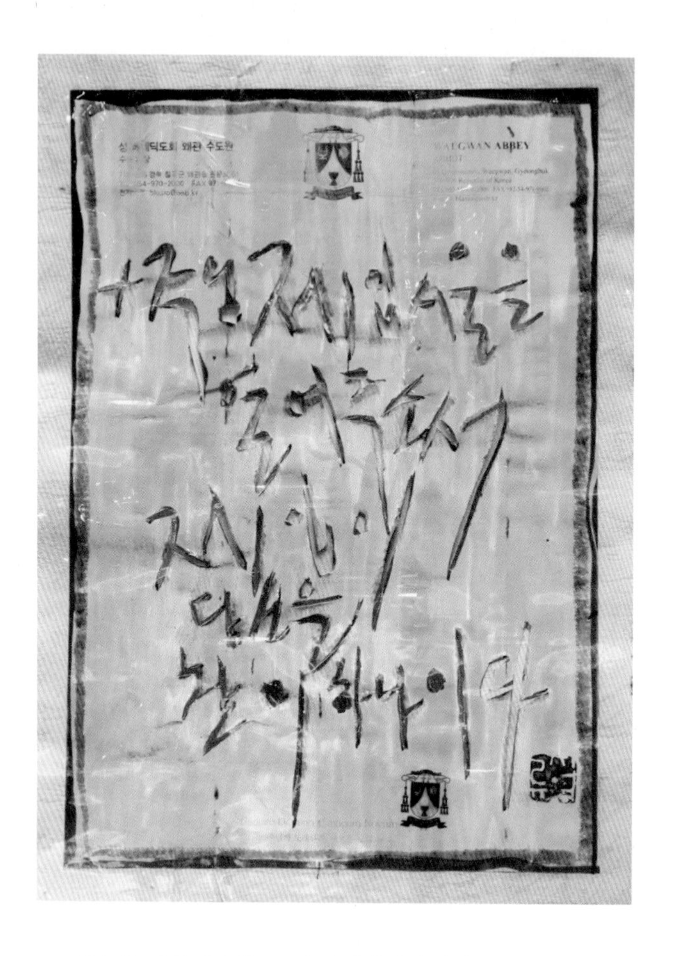

작은 종 아래 피어있는 그 꽃의 값이 절벽 아래 세상으로부터

철저한 고립을 택한 외로운 목숨의 기도 값으로 여겨지더군요.

# 꽃값

## 다섯

미술 교과서에 실린 사진을 통해서만 보았던 신전을 직접 대하는 기쁨은 역시 큰 거더군요. 우선 터키 이스탄불에서 내려 아테네로 향하는 비행기를 바꿔 타고 도착하느라, 이틀이 하루처럼 이어진 탓에 머리가 멍했는 데도 말이에요.

아크로폴리스 언덕에 세워진 파르테논 신전은 사진에서나 실물에서나 역시 그 기둥의 위용으로 다가와 입을 벌리게 만들었지요. 페르시아 전쟁에서 승리한 것을 기념하며 아테네를 수호하는 아테나 여신에게 바쳐진 신전의 기둥이 동서로 여덟 개, 남북으로 열일곱 개라니 그 장중함에 압도당할 수밖에요.

원래는 신전의 안쪽에 황금과 상아로 만든 처녀 아테나 상이 안치되어 있어 시민들의 뜨거운 숭배를 받았다더군요. 지금은 박물관으로 옮겨져 기둥들 사이의 텅 빈 공간만 눈에 들어올 뿐이라 신탁을 받는 광경을 머리로 그려보며 아쉬움을 달랬어요.

연신 머리카락을 날리게 하는 바람은 그 기둥들 사이를 이리저리 감돌며 신전 앞에 흩어진 돌들과 함께 스러져간 문명의 허무를 말하고 있는 듯했어요. 아무리 위용당당하다 해도 기둥으로만 남아 있는 건물, 그것조차도 군데군데 부서져 보수를 하고 있는 모양새니 그 앞에서 어찌 지난 역사의 무상함을 생각지 않을 수 있겠어요.

돌무더기 사이에서 파랗게 자라나 바람에 눕는 풀들이 오히려 눈앞의 시간으로 다가와 손을 내미는 느낌이었지요. 군데군데 모여 핀 노란 민들레는 더욱 그랬고요. 그리스에서 가장 오래 되었다는, 역시 이곳저곳이 무너진 디오니소스 극장 아래 서서 큰 소리를 내보니 그 울림이 얼마나 큰지 실감할 수 있었어요. 아직도 공연이 이루어지곤 한다는데, 폐허로 남은 그 무대와 계단의 객석들이 유일하게 현재의 생명을 잠시 얻는 시간이 아닐까요.

그곳에서 내려와 올리브 나무 숲 사이로 난 길을 따라 이른 곳이 소크라테스가 독배를 마시고 숨졌다는 감옥이었어요. 바위를 파서 공간을 만들고 그 앞에 철창을 친 형태였는데, 위대한 철학자가 머리를 내려놓았을 돌바닥의 냉기가 전해져 오는 느낌이었어요. 우매함을 일깨워주던 스승의 목소리가 더는 존재하지 않는다는 사실이 곧, 따르던 제자들에게는 정신에 엄습해오는 냉기로 받아들여졌겠지요.

그 언덕을 내려와 한인이 운영하는 식당으로 향하며 걸은 길, 노란 귤이 달린 나무가 가로수로 양쪽에 늘어선 길은 즐거움을 듬뿍 안겨주는 풍경이었어요. 그 귤들이 어떻게 그리 온전하게 달려 있는지 마치 과수원길에 들기라도 한 기분이었으니까요.

그걸 누구 하나 손대지 않고 바라보며 다 같이 향유하는 그들의 시민의식이 놀랍기도 하고 한편 부럽기도 했어요. 지금은 전과 같은 힘을 지니지 못 하고 있을지 모르나, 역시 정신의 뿌리가 깊은 나라의 면모는 살아 있구나 하는 생각이 든 건 그래서였을 거예요.

'공중에 떠있다'라는 뜻을 지녔다는 메테오라(Meteora)는 그리스 데살리아 지방 북서부에 있는, 트리칼라의 바위기둥 꼭대기에 세워진 수도원을 모두 일컫는 말이라고요. 수직으로 우뚝우뚝 솟은 바위기둥들이 숲을 이루고 있는 것 같은 형상도 놀라운데, 그 바위 꼭대기에 꼭 그 면적만큼씩의 넓이로 지어진 수도원이라니 도무지 믿기지가 않았어요.

밤늦게 도착했을 때는 어둠 속이라 몰랐는데, 아침에 일어나서 올려다보니 퍼져나가는 햇빛 안개 속으로 그 모습이 어렴풋이 눈에 들어오더군요. 아침 기도가 울려 퍼지는 숙소 뒤쪽의 성당을 잠깐 둘러보고 나오는 길에 정교회의 수염 하얀 신부님을 만났어요. 말이 필요치 않은 그냥 웃음만으로 사진을 함께 찍어주는 그 따뜻함이 감사했어요.

구불구불한 산길을 올라갈수록 머리로는 도무지 받아들여지지 않는 바위 꼭대기 수도원에 대한 설렘은 커졌지요. 수도자들이 바위에 뚫린 작은 동굴로 은신

하기 시작했던 것은 9세기였고, 14세기에 이르러서 한 무리의 수도자들이 칼람바카 근처의 바위산에 공동체를 이루며 수도원들이 지어지기 시작했다고요.

처음에는 바위산 절벽으로 그물이 달린 밧줄을 내려 이동을 했다는데, 지금은 바위를 뚫어서 낸 좁은 길을 통해 걸어 들어갈 수 있었어요. 이리저리 한참을 돌고 올라서 다다른 수도원은 바위산 꼭대기에 자리했다고는 여겨지지 않을 만큼 안온한 느낌을 안겨 주었어요.

예전에 수사님들이 밑에서 물건을 올리고 내릴 때 썼다는 커다란 도르래와 벽에 걸린 연장들도 그랬지만, 투박한 나무 식탁에 가지런히 놓인 스푼과 포크와 거친 천의 냅킨이 정말 그 생활이 이루어졌음을 실감나게 하더군요.

위에서 빛이 쏟아져 들어오는 성당의 천정과 벽면을 빈틈없이 채우고 있는 성화들은 그 신앙심의 깊이를 가늠조차 할 수 없겠다는 생각이 들게 만들었지요. 이런 곳에 수도를 위한 둥지를 틀었다는 것만으로도 감동인데, 거기다 온 정성을 다한 채색의 성화까지. 악기의 도움을 받지 않고 목소리로만 성가를 부르는 게 정교회의 전통이라니, 그 높은 곳에서 울리는 수사들의 목소리는 그대로 하늘로 날아오르지 않았을까요.

건물 벽이 바위 절벽과 맞닿아 그대로 수직을 이룬 수도원 뜰에 핀 제라늄의 빨간 꽃송이는 그래서 더욱 절박함으로 다가왔을 거예요. 아직도 몇 명의 수사님들이 수도 생활을 하고 있다는 말을 듣자, 작은 종 아래 피어있는 그 꽃의 값이 절벽 아래 세상으로부터 철저한 고립을 택한 외로운 목숨의 기도 값으로 여겨지더군요.

수도원 계단이며 야트막한 지붕이며 아래를 내려다보면 아찔해지는 난간 앞에 놓인 의자 위를 한가로운 걸음으로 오가는 희고 까만 털빛의 고양이들. 그들이 처음 그 수도원을 지은 수사들의 화신일지도 모른다는 생뚱맞은 생각이 스친 건 그곳 분위기에 너무 젖어들어서였는지도 모르겠네요.

꽃값

## 여섯

유럽과 아시아를 잇는 유일한 도시라는 터키 이스탄불은 말 그대로 서로 다른 문화와 종교가 어우러져 독특한 분위기를 내고 있었지요. 이름 또한 콘스탄티노플에서 이스탄불로 바뀌어 불린 파란의 역사를 고스란히 보여주고 있는 곳이 성 소피아였어요.

비잔틴 제국 시대에 지어져 구백 년 가까운 세월 동안 교회로 쓰여졌고 오스만 제국 시대로 넘어와서는 오백 년 가까이 이슬람 사원으로 사용되다가, 공화국 시대에 이르면서 이제는 종교의 성전이 아닌 박물관으로 일반에게 공개되기 시작했다니 말이에요.

이슬람 사원이 되면서 석회로 칠해져 묻혀버렸던 모자이크로 된 프레스코화들이 다시 빛 속에 드러나 마주할 수 있게 된 게 얼마나 다행스러웠는지요. 그러기에 어마어마한 천정 돔의 위용과 긴 복도의 회랑보다 인상 깊게 안겨오는 건 아직은 다 벗겨지지 않은 속에서 보여지는 성화 속 예수와 성모의 얼굴이었어요.

아기 예수를 안고 푸른 너울을 쓴 성모의 모습이 담긴 성화도 아름다웠지만, 성모와 요한이 예수에게 인간 구원을 간청하는 성화가 특히 가슴에 와 닿았지요. 아래쪽은 회칠이 그대로 남아 있고 회칠이 벗겨진 위쪽으로 상반신만 겨우 드러난 상태였거든요. 어둠에 묻혀 있던 시기에도 그 눈빛은 얼마나 긴 안타까움으로 빛나고 있었을까를 헤아리니 그 간절함이 배가 되어 저절로 눈물이 핑 돌더군요.

오스만의 술탄인 아흐멧에 의해 세워졌다는 블루 모스크는 그 도시에서 가장 큰 이슬람 사원이라는 말 그대로 푸른 하늘을 향해 솟아오른 첨탑부터 감탄을 자아내게 했지요. 게다가 내부의 그 넓은 바닥에 깔린 실크 카펫과 조명을 위해 쓰인 수백 개의 크리스탈 램프가 기도하는 공간이라기보다는 무슨 궁전 같았어요.

벽과 돔에 사용된 타일과 그림이 거의 푸른색과 녹색을 띠고 있어 블루 모스크라 불린다는데, 그 문양이며 색깔이 너무 좋아 한 조각 떼어 왔으면 하는 마음까지 생기더군요. 관광객인데도 여자들은 머리에 스카프를 써야만 입장이 허락되는 탓에 이슬람 성전이라는 걸 실감할 수밖에 없었는 데도 말이에요.

돌마바흐체와 톱카프 같은 지상의 궁전보다 지하에

서 만난 물의 궁전은 오래도록 잊혀지지 않을 곳이었어요. 유스티니아누스 황제 때 소피아 성당과 궁전에 필요한 물을 저장하기 위해 만들었다는 그 저수조엔 삼백 개가 넘는 기둥이 세워져 있고, 안쪽에 있는 두 개의 기둥 밑에는 메두사의 머리가 눌려 있었거든요.

야트막하게 채워진 어두운 물에서는 고기들이 헤엄치고 있었는데, 그곳에 물이 꽉 채워졌을 때를 연상하니 어깨가 저절로 움츠러들던 걸요. 지금도 밤이면 그곳에 물이 넘치고, 메두사가 꼬리를 이리저리 틀며 그 기둥 사이를 헤엄치는 장면이 그려진 때문이었겠지요.

이스탄불을 떠나 카이세리로 이동해 도착한 카파도키아는 이번 여정에서 에페소와 더불어 가장 큰 반향을 불러온 곳이었어요. 오랜 기간의 침식과 풍화작용이 만들어낸 기이한 모양의 바위가 늘어선 괴레메 골짜기를 보면서는 자연이 만들어낸 조각상이 저런 거구나 하는 감탄사의 연속이었고요.

하지만 괴레메 야외 박물관에 있는 동굴 수도원을 들어가 보고 나니, 그런 자연 안에 사람이 남긴 흔적이 훨씬 더 가슴을 파고드는 감동이라는 걸 인식하게 되더군요. 바위를 파서 만든 수도원 안에는 비좁은 공간임에도 불구하고 성당과 수사들의 거처가 마련되어 있고, 벽면에는 예수의 탄생에서 죽음과 부활에 이르는 내용의 성화까지 그려져 있어 놀라웠지요.

빛이라고는 복도로 나있는 작은 창을 통해 들어오는 게 전부였고 그 덕에 채색된 벽화가 비교적 선명하게 보존될 수 있었다니, 어둠을 견딘 그 신앙에 고마움을 표해야겠구나 하는 생각이 들었어요. 무엇보다 깊이 와 닿은 건 세상으로부터 분리되어 오로지 하느님만을 찾고자 하는 은둔의 의미였어요.

세상의 시끄러움 속에서는 결코 내면의 혼자가 될 수 없고, 그리되지 않고서는 가장 근원적인 것을 향해 눈 돌릴 수 없었을 테니까요. 요즘에 비하면 더없이 한적했을 그 시대에도 이런 선택이어야만 했다면, 내가 살고 있는 이 복잡한 시대에서야 더 말할 게 무엇이 있겠나 싶어 절로 한숨이 나오더군요.

석회층으로 된 웅덩이가 계속 만들어지면서 눈이 내린 언덕을 연상시키는 파묵칼레는 발을 담글 수 있는 온천 개울도 인상적이었지만, 그 안쪽으로 자리해 있는 히에라폴리스 유적지가 번성했던 도시의 흔적을 보여주고 있어 특이했어요. 각기 다른 형태로 형성되었다가 무너져 버린 무덤들은 유난히 가슴 저리게 했고요. 병을 고치러 그곳을 찾았던 이들이 고향으로 돌아가지 못한 채 그렇게 묻힌 거라니 말이에요.

그곳을 돌아보고 에페소 유적이 있는 셀주크로 이동했을 때는 비가 내리기 시작했어요. 대극장과 목욕탕과 신전 등이 무너져 내린 벽과 기둥으로만 남아, 빗물에 젖어 잿빛이 된 목소리로 번성했던 그 도시의 면모를 전해주고 있었지요. 셀수스 도서관 유적 앞에 서서는 그곳에 소장되어 있었을 책들 속에 파묻히는 상상을 해봤어요.

그리고서 사도 요한의 무덤 앞에 서니, 죽음에 이른 예수로부터 마리아를 부탁 받았던 그가 얼마나 무거운 짐을 지고 에페소에서 살아갔을까 하는 생각이 들었어요. 예수가 가고 난 뒤에 '내가 지금 따르며 가는 길이 맞기는 한 걸까'하는 회의에 시달린 적은 없었을까요.

그럼에도 불구하고 믿음을 향해 끝까지 걸어간 행적이 동굴 수도원의 수도자들이 은둔으로 남긴 흔적과

통하는 건 아닐까 하는 생각이 강하게 든 것도 거기였어요. 영혼의 꽃을 피우기 위해 그들이 걸어간 길이야말로 최고의 꽃값이라는 생각이 더불어 든 건 물론이었고요.

감정이란 게 원래 처음 마주할 때는 짙다가도

시간이 흐르면 옅어지고, 그 또한 마음의 추를

어디다 놓는가에 따라 달라질 수 있는 것이니까요.

# 꽃값

## 일곱

하늘로 가신 성모님이 다시금 그 모습을 드러내 보이셨던 땅을 내 발로 직접 걸어보고 싶다는 열망 하나로 시작한 여행이었어요. 처리해야할 일이 많아 떠나기 전까지 다 마무리할 수 있을까 하는 걱정, 별 탈 없이 돌아와 남아 있는 일을 잘 처리할 수 있을까 하는 걱정이 양 쪽 팔에 똑같은 무게로 매달려 있었으니까요.

그럼에도 감행할 수밖에 없는 또 다른 이유가 있었다면, 그건 앞선 것보다 더 한 무게로 가슴 한가운데 매달려 있는 서글픔이었어요. 한 아파트의 아래 윗층에서 따로 생활해온 아들이 그마저도 접고 남쪽 수도원의 그늘에 들어 살고 싶다는 말을 처음 꺼냈을 땐, 야속하기 그지없었지요. 이젠 완전히 혼자 남겨지는구나 싶어 마음은 계속해서 무너지는 담벼락이었고요.

남편을 보내고 오 년째. 하나 있는 아들을 의지하며 살아온 시간이 잘못되었던 걸까, 혼자 남은 어미가 버거워 굳이 그곳을 택해 멀어지겠다는 것일까 싶었어요. 받아들이자 하면 할수록 머리까지 무거워져, 그렇게 하라고 허락한 내 말을 스스로 번복하게 되지는 않을까 오히려 두려웠어요. 그런 속에선 입술만으로 드리는 묵주 기도가 고작이었지요.

그러다 갑자기 떠오른 게 '그래, 성모님 발현지에 다녀오자, 거기서 마음을 추슬러 보자'였어요. 미리 의논도 없이 아는 사람 하나 없는 순례 팀에 섞여 떠나는 내 여행 가방을 공항까지 실어다 주면서 아들은 헤아릴 수 있었을까요. 어미가 무엇을 감당하기 위해 성모님의 자취만이라도 느끼고 오겠다고 먼 길을 나섰는지를 말이에요.

암스테르담까지 가는 비행기는 전에 탔던 것보다 좌석의 앞뒤 간격이 좁아서 퍽 힘들었어요. 부은 발을 쉬

게 하려고 신을 벗었다가는 다시 신을 수가 없어 애를 먹었을 정도였으니까요. 버스로 갈아타고 벨기에의 시골 마을인 바뇌(Banneux)에 도착했을 땐 하도 지쳐서, 오히려 마음의 무게 같은 건 잊혀진 상태였어요.

엘리베이터가 없는 산장 숙소라 사층까지 가방을 들어 올리고, 목욕탕에 켜진 작은 히터의 온기에 의존해 스웨터까지 껴입고서야 침대에 몸을 눕힐 수 있었어요. 그러고 나니 참 긴 하루를 보내고 잠자리에 드는구나 싶어 맥이 풀리더군요.

새벽 안개가 걷히기 전에 나가서 마주한 전나무 숲, 그 짙은 녹색의 나뭇가지를 올려다보는 동안 눈은 얼마나 부질없는 헤맴을 이어갔는지요. 동생을 기다리던 농가의 저녁 창가에서 그 전나무 숲에 내려와 손짓하는 성모님을 여덟 번이나 만날 수 있었던 마리에뜨. 그녀의 눈이 내 눈과 짧은 순간이나마 일치를 이룰 수는 없을까 하는 바람을 품고서요.

한데 정작 성모님이 나타나셨음을 가슴 찌르르하게 느끼게 된 건 그 숲에서가 아니었어요. 그렇게 이른 시간에 성모님이 마리에뜨에게 지어 달라고 하셨다는 작은 경당 앞에 나타난, 열쇠꾸러미를 허리춤에 매단 자그마한 몸집의 할머니. 그곳 사람인 줄만 알았는데 미사 때 들으니, 오십 여 년을 그 경당을 돌보아온 한국의 젬마 수녀님이라더군요.

우리말로 쓰여진 성당 안의 성모송이 갑자기 그분의 조글조글한 얼굴과 하나가 되며 눈물이 핑 돌았던 건, '이 먼 땅에 저런 여인이 있다는 것만으로도 성모님의 발현은 사실이 되는 거다'라는 생각 때문이었겠지요. 뜨거워진 마음 같아선 당장이라도 꽃 한 다발을 성모상 앞에 바치고 싶었지만, 수녀님의 빛바랜 감색 코트 주머니에 이십 유로를 넣어드리는 것으로 대신했어요. 그게 꽃값보다 나은 마음값으로 여겨졌으니까요.

그곳에서 치유된 사람들이 놓아두고 갔다는 경당 안의 숱한 지팡이, 그리고 갖가지 꽃이 핀 화분들에는 못 미치겠지만 그래도 뿌듯했어요. 어차피 성모님을 뵙는 기적이야 일어날 리 없으니, 그 수녀님을 통해서나마 성모님을 느낄 수 있어 다행스러웠다고나 할까요.

그리고 또 하나. 이미 오래 전에 이곳의 성모님이 내게 와 계셨구나 하는 걸 확인할 수 있어서 기뻤어요.

아들이 내려가 머물겠다는 수도원의 성물 방에서 내게로 온, 두 손을 가슴에 모으고 고개를 숙인 목각 성모상이 바로 바뇌의 성모님이었다는 걸 그때서야 알게 됐거든요. 입술만 움직이는 묵주 기도일지언정 늘 들어주시던 바로 그분이었어요.

다른 곳에서 성모님의 발현을 목격한 이들은 다 수녀가 되었다는데, 마리에뜨만은 평범한 가정주부로서의 삶을 이어갔다는 것도 나와 동일시되어 다가오는 부분이었지요. 그 마을에서 일하며 조용히 지내다가 몇 해 전에 돌아갔다는 것도 좀 더 가까이 다가왔고요.

점심 무렵이 될 때까지 머무르는 동안, 성모님이 일러주신 곳에서 솟아났다는 기적의 샘물에 손을 담그고 기도하며 생각했어요. 지명으로만 알았던 먼 나라의 시골 마을에서 성모님의 자취를 좇으며 호젓하게 지낸 이 하루가 지금껏 드린 것 중에 가장 긴 묵주기도였구나. 손에 닿은 물의 느낌, 숲을 지나는 바람의 느낌, 나이든 수녀의 모습을 통해 받은 느낌이 내게는 곧 성모님의 발현이었구나 하고요.

그러자 양팔에 매달려 있던 걱정들이, 가슴에 자리

해 녹지 않고 있던 서글픔이 대수롭지 않게 여겨지더군요. 감정이란 게 원래 처음 마주할 때는 짙다가도 시간이 흐르면 옅어지고, 그 또한 마음의 추를 어디다 놓는가에 따라 달라질 수 있는 것이니까요.

이동하는 차안이나 숙소에서 내내 혼자일 수 있어 더욱 호젓한 일정이 비행기를 타고 온 시간까지 합쳐 불과 이틀 밖에 지나지 않았지만, 이미 원했던 바를 다 얻은 것 같았다면 이해가 가시겠어요. 더는 성모님의 흔적을 갈구하는 마음이 아니어도 된다는 여유가 남은 일정을 얼마나 느긋하게 해주었는지요.

꽃값

# 여덟

몽마르트르 언덕이 순교자들의 처형 장소인 줄은 이번에 처음 알았어요. 파리 시내를 내려다 볼 수 있어 화가들이 모이는 곳으로만 여기고 있었거든요. 언덕 초입에서 장식이 많은 회전목마를 볼 때만 해도 그렇게만 다가왔는데, 꼭대기에 올라 몽마르트르 성당을 올려다 보니 성지라는 게 실감이 났어요.

순교자들의 산이라는 뜻인 몽 데 마르티르스(Mont des Martyrs)가 변형되어 몽마르트르(Montmartre)로 불리게 되었다는 말도요. 1835년 이후로 지금껏 밤낮으로 성체가 현시되어 있다는 성당 안에는 순교자를

누군가를 사랑할 마음이 생겨나는 지금이야말로

성모님이 내 마음에 오신 기적의 순간일지 모른다고요.

항상 꽃값보다 귀한 건 마음값이니까요.

기리는 사람들로 차 있었어요. 옆에 있는 상드니 성당 안에는 주교관을 쓴 채 자기 머리를 들고 선 모습의 석상이 있어 놀라웠지요. 좀 떨어진 곳에서 처형당한 파리 최초의 주교인 디오이시오 성인이 머리를 들고 그 언덕까지 와서 숨진 것을 기리는 것이라고 했어요.

그곳을 내려와 찾아간 기적의 메달 성당도 인상적이었어요. 늘 목에 걸고 다니는 기적의 메달이 생겨난 곳이라는 걸 알게 되었으니까요. 성 빈첸시오 바오로에 의해서 세워진 자비 수녀회에 소속된 그 성당에서 성모님이 발현하셨다더군요.

카트린 라부레 수녀에게 나타나신 성모님은 구원의 상징인 기적의 메달을 주시면서 '이 메달을 지니는 사람은 은총을 받을 것이다'라고 말씀하셨다고요. 성모님의 양손에서 빛이 퍼져나가는 형상이 새겨진 기적패로만 알고 있었는데, 그곳에서 만나니 한층 의미 깊게 다가오는 거였어요. 처음 만들어진 곳에서 만난 메달이라는 생각에 또 몇 개를 샀지요.

파리를 성모님께 봉헌한 기념성당이라는 노트르담 대성당 앞에서는 왜 그리 세찬 비바람을 만났는지 우산살이 부러지고 말았어요. 그래서였을까요. 정면의 중앙에 있는 스테인드 글래스 장미창보다는 벽면에 붙은 귀면상이 더 눈에 들어오더군요. 성당이라서 마귀를 쫓는 그들이 더욱 필요했을지 모른다는 생각이 들어서였겠지요.

자정이 다 되어서야 툴루즈로 향하는 야간열차를 탔는데, 영화 속의 오리엔트 특급 열차를 상상했던 게 얼마나 한심했는지 몰라요. 한 칸의 양쪽에 삼층으로 된 침대가 있었는데, 맨 아래에 누우니 머리가 연신 문 쪽으로 쏠리는 거였어요. 앉아 있자니 위쪽 침대가 낮아서 고개를 들 수가 없었고요. 썰렁하기까지 해서 겉옷을 입고 담요를 덮어야만 했어요.

잠이 들었다 깼다 하며 일곱 시간 가까이 가서 도착한 툴루즈 역에서 다시 루르드(Lourdes)를 가기 위해 긴 버스를 타야 했어요. 달리는 버스의 창으로 마주한 아침 햇살은 야간열차의 피곤함도 잊게 하더군요. 환희라는 말이 절로 떠오르게 할 정도로요.

루르드의 숙소에는 그곳의 안내를 맡은 우리 수녀님이 벌써 와서 기다리고 있었어요. 짐을 내려놓자마자 서둘러 씻고서 따라나선 미사비엘 동굴, 그곳에서 성모님은 가난한 방앗간 집 딸인 벨라뎃다에게 발현하셨다더군요. 푸른 허리띠를 두르고 두 손을 가슴에 모은 낯이 익은 성모상이 모셔져 있었어요.

동굴 전체가 하나인 바위 표면으로는 물이 가늘게 흘러내리고 있었는데, 꼭 성모님의 눈물로 여겨졌어요. 동굴 제대를 돌아 나오며 나도 그 바위에 입맞춤을 했어요. 묵주 기도를 올리는 내 입술에 성모님이 조금이라도 깃드시기를 바라는 마음 때문이었을 거예요. 기쁠 때보다는 슬플 때, 원하는 게 없을 때보다는 간절히 원하는 게 있을 때 올리는 게 지금까지의 내 묵주기도였으니 죄송한 마음이 든 탓도 있었고요.

기적수에 몸을 담그는 예절을 기다리는 줄은 왜 남자 쪽보다 여자 쪽이 그리도 길었을까요. 피부 색깔도 머리 색깔도 다른 여자들 틈에 끼어 있노라니, '어디서든 치유의 기적을 바라는 쪽은 여자가 많구나. 그만큼 아픔이 많다는 거겠지. 정화해서 새로 살고 싶은 거겠지'하는 생각이 들어 공연히 서러워지더군요.

그래서 줄에서 빠져 나와, 기적수를 받아가지고 숙소

로 돌아와서는 작은 병에 나누어 담았어요. 그러는 동안 그 물을 받고 좋아할 사람들이 떠올라 더없이 흐뭇했어요. 이어서 생각했지요. 누군가를 사랑할 마음이 생겨나는 지금이야말로 성모님이 내 마음에 오신 기적의 순간일지 모른다고요. 항상 꽃값보다 귀한 건 마음값이니까요.

정말 기적이구나라는 생각이 강하게 든 건 밤에 참가한 촛불 행렬 때였어요. 휠체어를 미는 봉사자들의 모습이 그랬고, 촛불을 들고 묵주 기도를 올리는 각국 사람들의 이어지는 기나긴 움직임이 그랬어요. 성모님이 정말 발현하시지 않았다면, 어떻게 하루도 빠지지 않고 그런 순례 행렬이 지속될 수 있겠어요. 그저 놀라울 뿐이었지요.

포르투갈의 리스본 북쪽에 있는 작은 도시 파티마(Fatima)에서도 그런 밤의 촛불 행렬은 역시 가슴을 찡하게 했어요. 장미로 장식된 성모상을 앞세우고 이어지는 행렬 속에서 산타 마리아를 외치며 촛불을 들 때는 콧등이 시큰하며 눈물까지 떨어지더군요.

세 명의 목동들에게 성모님이 네 번 모습을 보이셨

다는 올리브 나무 숲에선 시간이 멎은 것 같은 느낌이 들었어요. 올리브 나무의 이파리가 회색빛이 감도는 초록빛인 데다 그 밑에 깔린 돌들 또한 흰빛이어서, 햇빛 속에서도 옅은 안개가 지나가고 있는 듯한 풍경이 마치 다른 행성에 가기라도 한 것처럼 특이했어요.

순간 저만치서 성모님 옷자락의 작은 펄렁임이 내게도 혹시 보여지는 건 아닐까 하는 바람도 품어 보았지만. 그걸 대신한 건 그곳 성당에서 올린 미사 중에 내가 쓴 글의 한 부분을 읽을 수 있었던 기쁨이었어요. 늘 걱정스러운 눈빛이셨을 성모님께 작은 것이라도 봉헌했다는 뿌듯함에 흘린 눈물, 그게 바로 영혼의 꽃값이었을 거예요.

문득 그런 생각도 들더군요.

이곳에 이르고자 하는 숱한 이들의 갈망이

지금 저 성당을 서 있게 하는 힘인지도 모른다고요.

꽃값

# 아홉

스페인의 로욜라에서 이냐시오 성인을 만날 수 있었던 건 이번 순례길의 예상치 않은 기쁨이었어요. 로욜라에 이르기 전에 산 세바스찬이라는 휴양지를 지났는데, 이런 바다 빛깔을 두고 바로 쪽빛이라고 하는 거구나 하는 감탄이 절로 나왔어요. 가장 맑은 가을 하늘이 바다에 잠겨 그 물결을 타고 넘실거리는 듯 했으니까요. 그 바닷빛만큼이나 명징한 신앙심을 만날 수 있었던 것도 눈부신 일이었고요.

바스크 지방에서 유명한 로욜라라는 곳의 영주 아들로 태어난 이냐시오는 수도자가 될 생각 같은 건 아예

한 적이 없었다더군요. 용감한 기사가 되는 것이 품은 꿈이었다는 그가 스페인과 프랑스 간의 전쟁이 벌어졌을 때 전투에 참여하게 됐고, 큰 부상을 입어 돌아온 후 회심이 이루어졌다는 거였어요.

치료 중에 읽던 책을 통해 현세의 허무를 느끼며 영원한 삶에 대해 깊이 생각하게 되었다니, 참 오묘한 일 아닌가요. 네모진 탑처럼 생겨 탑집이라 불려진다는 성 안의 작은 성당에서 다리를 다친 채 의자에 비스듬히 앉아 있는 성인의 상을 만날 수 있었어요. 기사로서의 꿈이 좌절된 데서 오는 쓰라림과 그로 인해 생각이 머물게 된 내적인 삶에 대한 동경을 안고 창밖을 바라보는 모습이었지요.

그 후 예수회라는 수도회의 창설자로 변모해 부유한 영주의 자제와는 영 다른, 극기에 가까울 만큼 빈한한 기도의 삶을 이어갔다는 설명도 들었어요. 탑집을 나와 옆에 있는 성당 주변을 거닐다 철책을 타고 오르며 분홍빛 꽃을 피운 부겐빌레아를 발견했을 때는 또 다른 감동이 밀려오더군요. 몸이 회복된 그가 찾아간 곳이 바로 몬테카시노에 있는 베네딕도 수도원이었고, 그곳에서 긴 기도를 마친 후 자신의 모든 것을 바꿀 힘을 얻었다는 게 다시금 생각났기 때문이었어요.

남편을 떠나보낸 후, – 배우자였던 사람을 갑작스런 죽음으로 잃는다는 건 어찌 보면 세상적인 것에 뜻을 두지 않을 수 있는 가장 큰 계기가 되고 남기에 – 남은 삶에 버팀목이 되어줄 존재로 내가 택한 게 베네딕도 수도회의 제 삼 수도회 격인 봉헌회였으니까요. 아들이 내려가 성물을 제작하며 머물겠다는 곳도 바로 왜관의 그 수도원이고요.

좀 억지스럽기는 했지만, 내 집 베란다 화분에서도 분홍빛 부겐빌레아가 피고 있으니 그것으로 이냐시오 성인과 작은 한 부분 일치를 이룬 게 아닐까 하는 뿌듯함이 밀려 왔지요. 성모님의 흔적만 염두에 두고 떠난 순례길에서 얻은 귀한 꽃의 값인 셈이었어요.

로마와 예루살렘과 더불어 가톨릭의 3대성지로 일컬어진다는 산티아고 데 콤포스텔라(Santiago de Compostela)를 향해 가는 길은 부르고스에서 떠날 때부터 설렘이었어요. 사도 야고보는 스페인에서 포교하다가 예루살렘으로 돌아가 목이 잘리는 순교를 당했는데, 그 유해가 묻힌 곳이 바로 별빛이 쏟아지는 들판이라는 뜻의 산티아고 언덕이었다지요.

목동이 발견한 자리에 세운 것이 산티아고 대성당이고요. 산티아고 데 콤포스텔라는 그래서 별빛이 내리는 들판의 야고보 성인이라는 뜻도 지닌다더군요. 그곳으로 향하는 길을 영혼의 친구를 만나는 여정이라고도 하고 살아서 못 가면 죽어서라도 이르고 싶은 순례지라고도 한다니, 그 갈망이 얼마나 큰지 알 만했어요.

걷거나 자전거를 타고 쉬었다 가다를 반복하며 한 달에서 서너 달에 걸쳐 도달한 사람들이 성당 문 중앙에 있는 야고보 상이 새겨진 기둥에 손을 대고 순례가 끝났음에 감사하며 눈물을 쏟는다는 말에, 그러고도 남으리라 고개가 끄덕여졌어요.

버스로 달리다 잠시 들른 휴게소에서 미국인 노부부를 만났는데, 부인이 휠체어를 타고 있었어요. 6주를 걸었는데 부인이 발목을 다쳐 거기서 중단하고 돌아가는 길이라고요. 회복이 되면 다시 오겠다며 웃는 부부의 모습이 그때만큼 부러운 적도 없었어요. 남편도 걷는 거라면 마다하지 않던 사람인데, 그렇게 가지 않았다면 그 부부와 같은 모습을 우리도 지닐 수 있었지 않았을까 하는 아쉬움이 밀려와서요.

비가 내리는 속에서 처음 마주한 산티아고 성당은 '와우, 땅 속에서 막 솟아오른 것 같은 형상이네'하는 말이 저절로 나오게 만들었어요. 돌로 다듬었다고는 믿겨지지 않는 정교한 조각의 종탑과 잿빛 계단을 온통 뒤덮고 있는 노랗고 하얀 꽃모양의 이끼가 빗줄기와 함께 그런 느낌으로 다가왔기 때문이었을 거예요.

문득 그런 생각도 들더군요. 이곳에 이르고자 하는 숱한 이들의 갈망이 지금 저 성당을 서 있게 하는 힘인지도 모른다고요. 금박으로 입혀진 내부 장식과 수많은 성상과 야고보 성인의 유해가 담긴 은으로 된 관을 돌아보고 나와서는 광장 주변 거리를 거닐었어요.

그러다가 회랑 아래서 막 순례를 마친 듯이 배낭 위에 젖은 양말을 올려놓고는 맨발로 쉬고 있는 청년을 만났어요. 그 웃음 속에서 언젠가 비슷한 행색의 순례객이 되어 이곳을 찾을 아들을 발견하고는, 사진을 한 장 찍은 뒤 이십 유로를 건넸더니 고맙게 받더군요. 커피값이라고 했지만 마음값이었어요.

그 속에서, 서른을 넘긴 아들이 어미로부터 떨어져 나간 생활을 원하는 건 어쩌면 지극히 당연한 일이라는 사실을 인식하게 되었으니까요. 떠나기 전에 품었던 야속함도 서글픔도 다 빗물에 씻겨 내려가는 느낌이 든, 오래 지워지지 않고 기억될 순간이었지요.

또다시 좁은 좌석의 비행기를 타고 도착하자 아들이 마중을 나와 있었어요. 반가워하면서도 뭔가 알고 싶어하는 듯한 표정을 보노라니, 그 순례길을 통해 내게 온 마음의 변화를 알아챌 수 있을까 싶어 웃음이 나오는 거였어요. 난 이미 따로 생활을 할 자신감을 충분히 얻은 뒤였으니까 말이에요.

꽃값

# 열

치유의 길이야 여러 가지가 있겠지만, 나보다 훨씬 힘든 길을 걸어간 이의 뒷모습을 바라보는 것이야말로 가장 빠른 하나가 아닐는지요. 지난 오월부터 지쳤다는 생각에서 줄곧 벗어나지 못 하고 있던 차에 떠나게 된 여행이라, 쉬고 오겠다는 마음이 여느 때보다 컸던 게 사실이에요.

한데 그 쉰다는 의미가 정반대의 빛깔로 다가올 줄은 예상치 못 했어요. 유월 중순의 홍콩은 습도와 기온 높은 날씨만으로도 여름을 싫어하는 나로 하여금 애초부터 한숨이 나오게 만들더군요. 도착하자마자 점심을 먹고 향한 곳은 리펄스 베이라는 바닷가였어요.

완만하게 이어진 해안을 따라 유난히 하얀 모래밭이 펼쳐져 있었는데, 내리쬐는 햇볕이 뜨거워 양산을 쓰지 않고는 배기기 힘들 정도였어요. 사원이 있는 한 켠에 인연을 맺어준다는 노인의 동상이 있어 가까이 가보니 그 손목에 빨간 실을 묶으며 기원하는 젊은이들이 줄을 서 있었지요. 이제는 제 짝을 찾았으면 싶은 아들 생각이 저절로 나더군요.

아무런 기대 없이 그저 헉헉대기만 하며 일행을 따라 발길을 옮긴 해양공원에서는 뜻밖에도 귀한 존재를 만나 잠시 즐거웠어요. 그곳 사람들이 그리도 애지중지한다는 판다를 유리벽 너머로 볼 수 있었으니까요. 대나무를 줄기째 들고 이파리를 뜯어먹고 있었는데 화면으로 보던 것만큼이나 세상사와는 무관해 보이는 모습이었어요.

댓잎을 먹다가는 옆에 있는 큼지막한 통나무에 한참을 엎드려 있고, 그러다가는 또 댓잎을 씹으며 아주 천천히 조금 비탈진 언덕을 몇 걸음 기어 올라가 앉아서는 배를 쓰다듬고 또 댓잎을 먹고. 그 모습을 그토록

치유의 길이야 여러 가지가 있겠지만,

나보다 훨씬 힘든 길을 걸어간 이의 뒷모습을 바라보는 것이야말로

가장 빠른 하나가 아닐는지요.

사랑하는 건 원초적으로 부여 받았다고 밖에는 여겨지지 않는 여유로움 때문이 아닐까요.

어마어마한 크기의 배 모양 식당에서 저녁을 먹은 후, 명물이라는 이층버스를 타고 그 도시를 찾는 이들이 꽤나 가보고 싶어 한다는 몽콕 야시장에 내렸어요. 한데 나로서는 줄지어 선 상점이나 오가는 인파에 기가 질릴 뿐이었어요. 뭔가를 사기는커녕 구경을 할 엄두도 안 나서 망고 주스 한 잔을 사먹으며 시간을 때웠지요.

다음날 쾌속선을 타고 마카오로 향할 때는 카지노의 대명사로 알려진 그 도시를 만날 생각에 약간의 두려움 섞인 설렘이 일더군요. 저녁에 머물 호텔에 축구장 네 배 크기의 카지노 장이 있다는데 가봐야 하나 말아야 하나 하는 우스운 갈등도 일었고요.

마카오 탑에 올라 내려다보니, 해변에 늘어선 예쁜 집들이 왜 그 도시를 그렇게 이름난 별장지로 만들었는지 수긍이 갔어요. 그런 곳에서 여름을 지낼 여유를 지닌 사람들의 삶엔 지친다는 표현 같은 건 존재하지 않겠지 하는 생뚱맞은 생각도 들었고요.

그리고서 찾아간, 그곳이 포르투갈령이었다는 걸 단박에 느끼게 하는 서구적인 느낌을 강하게 풍기는 건물들의 골목 앞에 펼쳐진 세도나 광장. 그 계단 꼭대기에 한 쪽 벽면으로만 서 있는 성 바울 대학을 올려다보는 순간, 오래 전에 그곳에 머물렀다 떠난 아주 귀한 남자 셋이 떠오르는 거였어요.

우리의 첫 사제였던 최방제, 김대건, 최양업이 파리 외방 전교회 모방 신부의 도움으로 신학을 공부하러 왔던 곳이 바로 그곳이었으니까요. 1580년경에 지어져 1835년 태풍으로 인한 화재로 돌로 지어진 성당의 전면부만 남았다는 그 대학에도 그들의 발길이 오가지는 않았을까요. 그 위에 지금 내 발길이 머물고 있는 거라면 성지순례가 따로 있는 게 아니었어요. 그래서인지 가톨릭의 교리가 한자와 라틴어는 물론 그 밖의 여러 가지 상징으로 조각되어 있는 그곳이 더욱 의미 깊게 여겨지더군요.

세도나 광장을 향해 내려가는 계단 가운데로는 홍자색 천일홍이 핀 화분들이 줄지어 놓여 있었어요. 동그란 모양새의 자잘한 꽃송이가 유난히 수명이 길어 그런 이름이 붙은 그 꽃에서 그들의 힘든 여정이 느껴진 건, 새 운동화를 신은 내 새끼발가락에 물집이 잡혀 그 꽃빛깔의 핏물이 배기 시작한 탓이었을까요.

쉬러 왔음에도 녹녹치 않은 이 낯선 바람과 햇볕을 오래전 그들은 어떻게 견뎌 냈을지. 거기다 한 사람은 바로 쓰러지고, 어렵사리 서품을 받고 귀국해 한 사람은 일 년 만에 순교하고, 나머지 한 사람은 온 나라를 헤매 다니며 선교하다 사십 나이에 쓰러져 버렸으니 그 아까운 심정이 말로 토로가 될 수나 있을는지요.

붉은 빛깔의 천일홍들 사이에서 하얀 빛깔을 띤 꽃송이를 발견했을 때는 그 꽃 안에 아직도 지지 않은 그들의 신앙심이 오롯이 담겨 있을지 모른다는 생각이 들었어요. 핏빛으로 걸어간, 열 개 발가락에 모두 핏물 밴 물집이 잡히고도 모자랐을 이 땅에서의 여정이 하늘에서는 하얀 빛으로 화하고도 남았을 테니 그 꽃은 그 값의 표상으로 그렇게 피어나 있는 거였겠지요.

늦은 호텔의 카지노에선 꼭 십 분 만에 그곳 돈으로 오십 달러를 잃었다가 오 분 뒤에 삼십 달러로 만회가 되기에 얼른 일어섰지요. 다음날 홍콩으로 다시 돌아와 머물고, 떠나는 날 새벽에는 숙소 앞 바닷가로 나갔어요. 그다지 차지 않은 바닷물에 몸을 담그고 비로소 쉰다는 느낌에 잠시 빠져 있는데, 멀리 바라다 보이는 수평선 햇빛 안개 속에서 오래 전 세 남자의 뒷모습이 또 떠오르는 게 아니겠어요.

"아무 말도 하지 말자꾸나. 나는 쉬었다 가려고 마음먹고 온 이곳에서 그리 힘든 여정을 마치고 돌아간 저들도 있는데. 발가락 하나 물집 잡혀 걷는 길이 뭐 그리 지친다고 푸념을 하겠나. 돌아가거든 주어진 날까지 입 다물고 걷자꾸나."

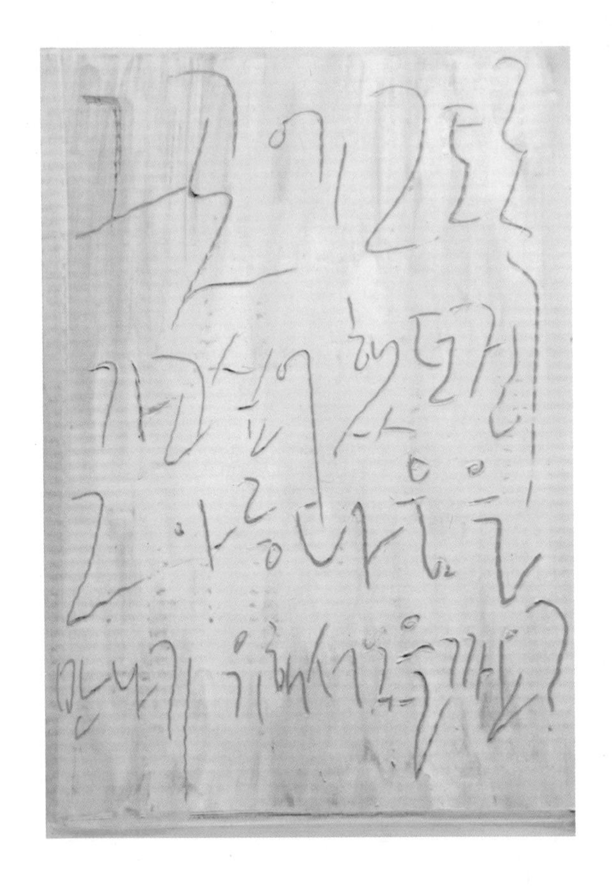

앙코르 와트의 끝 계단에 피어 무너진 왕국을 기리고 있는

마지막 생기로 여겨지던 그 꽃의 값과 빈한한 물 위 집 사람들의

결코 버리지 않은 소망처럼 피어 있는 지금 저 꽃의 값 중

어느 것이 더 의미를 지니는 것일까 하고요.

꽃값

## 열 하나

그곳에 그토록 가고 싶어 했던 건 그 아름다움을 만나기 위해서였을까요. 번성한 왕국의 사원을 짓기 위해 깎고 다듬어졌던 무수한 돌들이 이제는 돌무더기가 되어 원래의 모습으로 돌아가고 있는, 이를테면 무너지는 아름다움 말이에요.

유난히 더웠던 여름, 아들과 내가 훨씬 더운 그곳으로 마음이 향한 건 삶을 지탱해 줄 무언가를 찾고 싶다는 바람이 강했기 때문이겠지요. 아들은 자기를 둘러싼 여태까지의 벽이 무너져 새로운 길을 찾아야 하는 벌판에서, 나는 하루하루 쇠락해가는 내면의 뜰에서 무얼 붙들고 끝까지 걸어야 하나 하는 문제에 직면해 있었거든요.

육백 년 넘게 이어진 앙코르 왕국 또는 크메르 제국으로 불리기도 하는 나라의 중심지였다는 캄보디아 시엠립을 향해가는 비행기는 왜 저녁에만 뜨는 건지, 느리게만 진행되는 수속을 마치고 공항을 나와 숙소에 도착하자마자 잠을 청해야 했어요.

다음날 처음으로 향한 곳은 앙코르 왕조의 인드라바르만 1세가 자신과 힌두교의 시바 신에게 바친 곳이라는 바꽁 사원이었어요. 들어가는 입구에 건물을 둘러싼 인공 호수인 해자가 있었는데, 건너는 다리가 배는 땅에 붙이고 몸통은 난간을 이룬 머리 일곱 개 달린 뱀의 모습으로 조성된 게 특이했어요.

피라미드 형태로 된 꼭대기의 연꽃 모양 중앙 성소에 – 신들의 산인 메루의 상징이기도 하다는 – 올라 내려다보니, 주변에 세워진 전탑과 보조 탑들의 무너진 형상이 사라져 버린 왕국의 잔해로 여겨져 더할 나위 없는 쓸쓸함이 밀려오더군요.

그러다 갑자기 쏟아지는 열대성 소나기 스콜의 빗줄

기가 황토색 흙을 적시며 이내 도랑이 되어 흘러가는 바람에 후다닥 뛰어야 했어요. 결국 근처에 있는 쁘레야코 사원은 둘러보지 못한 채 반띠아이 스레이 사원으로 향했지요.

건축 기법과 조각 장식이 인도에 가까운 힌두 사원인 그곳은 '크메르 예술의 극치'로 일컬어진다더니, 그 말에 수긍이 가고 남았어요. 붉은 사암으로 이루어진 그 벽면에 새겨진 정교한 조각들은 도무지 돌에 새긴 것이라고 믿기 힘들 정도였으니까요.

다음날에야 드디어 고대하던 앙코르 와트를 찾아갔지요. 수리아바르만 2세가 재위 기간인 삼십 칠 년 동안에 건설해, 힌두교의 비쉬누 신에게 바쳤다는 그 사원에 대한 놀라움은 해자에 비친 물그림자를 대하면서부터 안겨오기 시작했어요.

연신 감탄을 하며 지금 지어도 백 년은 걸린다는 그 건축물을 돌아보노라니, 로마에서 만났던 내 종교의 건축물과 이 건축물의 차이가 뭘까 하는 생각이 들어 머릿속에서 또 하나의 벽이 무너져 내리는 것 같았어요. 둘 다 보이지 않는 신을 향해 가고자 하는 인간의 갈망이 빚어낸 산물임에는 틀림이 없을 테니까요.

내부 회랑 벽면에는 천상의 무희인 압살라의 모습이 부조로 새겨져 있었는데, 그 무희의 화신이라고 여겨질 만한 존재를 미물계와 인간계를 거쳐 천상계를 오르는 계단에서 만나게 될 줄은 미처 몰랐어요. 가파른 돌계단 위에 덧대어 만든 나무 계단을 오르다 눈길이 가닿은 돌무더기 위에 앉아 있는, 작은 솔방울 모양의 진분홍빛 꽃을 피운 천일홍 한 무리.

모양과 빛깔이 흐트러지지 않고 오랜 시간 유지되기에 천일홍이라는 이름이 붙은 그 꽃의 아름다움이 내리쬐는 햇빛 속에서 더욱 빛을 발하는 건, 무너진 왕국의 자취를 더듬게 하는 그 사원의 마지막 남은 생기이기 때문은 아니었을까요.

그리고서 찾아간 아름드리 나무로 둘러싸인 따쁘롬 사원에서 비로소 오랫동안 그려온 아름다움을 만날 수 있었지요. 앙코르 왕조의 가장 위대한 왕이었다는 자야바르만 7세가 어머니를 위해 세웠다는 그 사원이야말로, 스펑 나무의 허연 뿌리가 물줄기처럼 흘러 내려 무너지고 있는 돌벽과 기둥들을 움켜쥐고 있는 모양새였으니까요.

처음엔 그 나무가 사원을 무너뜨리는 데 일조를 했지만 시간이 흘러 눈앞에 보이는 형상이 되고난 지금에 와서는, 나무를 걷어내면 그마저도 하루 아침에 와르르 무너져 버리고 말까 우려되어 빨리 자라지 못 하도록 조치만 하고 있다더군요.

돌아오는 날 넓고도 넓은 똔레삽 호수에서 배를 타며, 수상촌 사람들의 생계유지 수단인 리엘이라는 물고기가 되어 그 황토빛 물속으로 흔적없이 사라져도 괜찮겠다는 생각을 한 건 무너지는 아름다움에 며칠 너무 빠져든 탓이었겠지요.

그런 내 눈에 띈 게 또 뭔 줄 아세요. 잠든 아이가 그물 침대 안에서 흔들거리는, 유난히 허름한 지붕을 한 집 앞에 놓여 있는 조그마한 화분 하나. 그 화분에 피어 있는 진분홍빛 천일홍 한 무더기를 보는 순간 의문이 생겨나더군요.

앙코르 와트의 끝 계단에 피어 무너진 왕국을 기리고 있는 마지막 생기로 여겨지던 그 꽃의 값과 빈한한 물 위 집 사람들의 결코 버리지 않은 소망처럼 피어 있는 지금 저 꽃의 값 중 어느 것이 더 의미를 지니는 것일까 하고요.

무너지는 아름다움에 이미 맛들인 나는 앞 쪽에, 그걸 선호하기엔 아직 먼 나이인 아들은 뒤쪽에 무게를 둠이 당연한 일이겠지요. 아니, 내가 그러기에도 너무 이른 게 아니냐고 당신은 나무랄지도 모르겠네요.

# 열 둘

아들이 첫 직장을 가진 후 자기가 비용을 내겠다고 해서 이루어진 대만 여행의 기억은 특이하게 남았어요. 나는 사원에서 버려지는 꽃들에 대한 아쉬움을, 아들은 대리석 협곡에서 내려다본 물돌이 바위에 대한 뿌듯함을 안고 돌아왔으니까요.

남쪽이라 화사한 날씨를 기대하고 갔는데 그건 아니더군요. 비좁고 낮은 공항의 느낌처럼 우중충하게 흐린 날씨 탓인지, 눈에 들어오는 거리의 풍경도 온통 회색빛으로만 다가왔어요. 바닷바람의 영향으로 건물 벽이 칙칙한 빛을 띨 수밖에 없다는 말이 실감났어요.

이층버스를 타고, 어느새 내리기 시작한 빗줄기 속에 도착한 야류 지질공원에서는 자연이 시간 안에서 이루어 놓은 작품이 얼마나 기이한지를 눈으로 확인할 수 있었지요. 오랜 기간 침식과 풍화 작용에 의해 깎이고 다듬어져 기기묘묘한 형상을 이룬 바위들이 고대 도시의 잔해로 보이기도 했으니까요.

특히 버섯 모양을 한 우람한 기둥 바위들이 늘어선 걸 보노라니, 이곳이 물에 잠기면 바다 궁전을 연상시키겠구나 하는 생각도 들었어요. 다섯 꽃잎의 모양새를 고스란히 간직한 채 바위 표면에 화석이 되어 남은 보라 연잎성게는 스쿠버 다이빙을 하며 바다 속 모래밭에서 보았던 기억을 떠올려 주기도 했고요.

파도가 칠 때마다 여기저기에 흩어져 있는 작은 해식 동굴로 밀려 들어왔다 나가는 바닷물 소리는 내가 밟고 선 바위가 금방이라도 물에 잠길 것 같은 두려움을 안겨 주었어요. 바람이 워낙 세서 우산을 쓸 수조차 없는데도, 여왕의 머리 모양을 한 바위 앞에서 사진을 찍으려는 사람들의 줄은 짧아질 기미가 안 보여 멀찌감치 서서 바라만 보고 말았지요.

타이페이 시내로 들어와 둘러본 용산사는 불교 사원과 도교 사원과 민간 신앙의 숭배 장소가 한데 어우러져 독특한 외양을 지니고 있었어요. 초록색으로 끝이 장식된 붉은 기와지붕의 모서리엔 여러 가지 빛깔로 채색이 된 용들이 장식되어 있었고요.

안쪽 마당에 있는 검은 돌기둥에는 여러 마리의 용이 얽혀 있는 형상 사이로 역사 속 인물들의 춤추는 모습이 새겨져 있었어요. 그곳을 찾는 신도들이 온종일 피워 놓은 길고 굵은 향이 타며 내는 연기로 하여 그 조각상들이 더욱 꿈틀대는 듯이 느껴졌어요.

향과 더불어 그들이 바치는 건 과자와 사탕, 또는 기도하며 바쳤다가 도로 가져간다는 생활용품에 이르기까지 다양했어요. 그 중에 꽃이 으뜸이었고요. 화분에 심어진 카네이션과 백합은 물론이고 일회용 접시에 가는 철사로 꽃송이만 꿰어서 담은 것도 있었지요.

빨간 거베라와 미색의 치자꽃이 담긴 접시가 겹겹이 쌓여진 곳도 있었는데, 한 켠에서는 노인이 비닐 자루에 지극히 무심한 손으로 한꺼번에 쓸어 담는 게 아니겠어요. 바쳐진 지 얼마 되지도 않아 그 자루 속으로 밀려들어가는 꽃들이 어찌나 아까운지, 달라고 해서 말리기라도 했으면 하는 아쉬움에 손이 나가다 말 정도였어요. 나오는 길에 보니, 정문 옆에서 연신 꽃을 꿰어 접시에 담아 놓는 상인의 손이 여럿 있더군요.

이튿날은 기차를 타고 화련이라는 도시에 이르러, 원주민인 아미족들의 춤을 보고나서 타이루꺼 협곡에 들었어요. 어마어마한 규모의 대리석 절벽으로 이루어진 그 협곡 중에서도 가장 경치가 빼어나다는 구곡동(九曲洞) 계곡을 향해 계속 걸어 들어갔는데, 굽이굽이 이어진 계곡이 하도 길어서 붙여진 이름이라고 했어요.

'깎아지른 듯한 기암절벽과 대리석 계곡 사이로 흐르는 옅은 청록색의 물, 세차게 흐르는 그 물살을 이겨내는 수백 미터 아래의 물돌이 바위.' 아들은 남편이 쓴 여행기 안에 담겨진 그 물돌이 바위를 찍기 위해, 절벽 길 난간에 몸을 기댄 채 팔을 뻗곤 했어요. 내 눈엔 그 모습이 마치 오래 전에 그곳을 다녀갔던 아버지의 흔적을 기어이 담아 가겠다는 안간힘으로 보여 마음이 저려 오더군요.

남편이 찍어 왔던 물돌이 바위 사진은 자신의 조경답

사기 책에 실린 건 물론이고 확대한 게 집 현관 위에도 걸려 있었거든요. 세차게 흐르는 물을 온 몸으로 받아 안으며 말없이 앉아 있는 그 의연한 자세가 가슴에 와 닿는다고, 예암(汭岩)이라는 자기 호에까지 그 의미를 담으며 좋아했으니까요.

아스라한 절벽 꼭대기에서 흘러내리는 한 줄기 폭포는 어쩌면 지금 그 사람이 머물고 있을 – 나와 아들은 아직 가 닿을 수 없는 – 세상의 전령은 아니었을까요. 걸음으로는 가 닿을 수 없어 망연한 눈빛으로만 더듬어야 하는 절벽 위의 이야기는 그래서 더욱 아프게 그려지곤 한 거였겠지요. 돌아오는 비행기 안에서 아들은 물돌이 바위 사진을 연신 들여다보며 뿌듯한 얼굴로 말하더군요.

"아버지가 찍은 바위가 꼭 이것은 아니겠지만, 나도 물돌이 바위를 찍긴 찍었네요."

고개를 끄덕이며 눈을 감았을 때, 내 귀에는 또 다른 말이 들려오는 거였어요. 그건 잠깐 바쳐졌다가는 이내 버려지고 말아 안타까움을 안겨주었던 사원 안 꽃들의 말이었지요.

“우리는 봉헌물의 의무를 다했기에 아쉬움 없이 자루 속으로 들어갈 수 있었는데, 당신은 왜 그렇게 우리를 아까워했는지 모르겠네요. 그건 꽃으로서의 값을 다하고 가는 우리를 단지 꽃으로만 여긴 당신의 애착 때문은 아닌가요.”

## 열셋

반찬으로 나온 고기 몇 점을 남기지 않고 다 먹어버린 게 이토록 마음을 짠하게 할 줄은 미처 몰랐네요. 몇 달이 지난 지금도 고기에 젓가락이 가다가는 멈칫하게 되니 말이에요. 그때 내가 다 먹지 않았다면 한 사람을 잠시나마 행복에 젖게 할 수 있었을 텐데 하는 안타까움이 이는 탓이지요.

아침에 떠나 비행기로 두 시간 가량 가서, 상해 포동공항에 도착해 긴 버스에 옮겨 탔을 때는 비가 내리기 시작했어요. 항주로 이동하는 동안 창밖으로 참 많은 운하가 굽이굽이 흐르고 있는 게 보였어요. 운하가 큰

도로 역할을 한다는 말이 맞구나 싶었어요. 날씨가 따뜻한 곳이라는 걸 실감나게 하는 협죽도 나무 또한 늘어서 있고요.

항주에서 제일 먼저 대한 풍경이 서호(西湖)였는데, 얼마나 넓게 펼쳐져 있는지 도무지 호수라는 생각이 안 들 정도였어요. 낙향을 하던 소동파가 사람의 힘을 빌려 판 호수라더니, 큼지막한 그의 동상이 호숫가에 서 있더군요. 한 손을 가볍게 든 채 비에 젖은 옷자락을 하고 있는 그의 입에서는 금방이라도 시가 흘러나올 듯했어요.

오나라의 구천과 월나라의 부차가 와신상담하며 싸울 때, 구천의 부하였던 범려 장군의 아내가 바로 그곳에서 몸을 던진 당대의 미인 서시였다고요. 호수 위를 흐르고 있는 자욱한 안개가 저린 가슴을 안고 뛰어들었을 그녀의 혼처럼 여겨진 건 그래서 였을까요.

남편이 받드는 주군의 뜻을 이루게 하기 위해 적국에 들어가 그 미모로 분열을 시켰다지요. 싸움이 끝난 뒤, 데리러 온 남편에게는 함께 돌아갈 수 없음을 고하고 스스로 목숨을 거두었다니. 그 슬픈 혼이 서호의 물결이 되어 지금도 일렁이는 게 어쩌면 당연한 일이겠지요. 범려 장군의 혼 또한 그 물결과 하나 되어 일렁이는 건 물론이고요.

게다가 서호엔 또 하나의 사랑 이야기가 깃들어 있었어요. 언젠가 영화에서 본 내용이 그곳이 배경이었다는 걸 알고 나니, 새삼 그 사연이 아프게 안겨 오더군요. 사람을 연모한 하얀 뱀이 도인에게 정체를 들켜 탑에 갇히고 마는 내용이었는데, 백사가 갇힌 탑이 그 호숫가에 서 있는 뇌봉탑이었어요.

우연히 탑 밑에서 발견된 큰 뱀의 뼈를 보고 후대 사람들이 만들어낸 전설이라고도 한다지만, 탑에 갇히는 마지막 순간까지 여인의 모습을 한 채 손을 뻗어 연모한 이를 갈망하던 모습은 쉽게 지워지지 않는 애절하기 그지없는 장면이었으니까요.

서시와 백사의 이야기들이 그대로 펼쳐지는 송성 가무쇼의 무대에선 폭포가 쏟아지고 비가 내리고 말이 달리고, 듣던 대로 규모가 큰 공연이었어요. 하지만 그보다 더 매료시킨 건 줄지어 매달린 홍등이 어둠이 흐르는 강물에 비쳐, 남송의 풍경 속으로 빨려 들어간 착각마저 들게 만들었던 송성 테마파크였어요.

상점이 늘어선 골목을 돌아다니다 작은 배들이 놓여 있는 가게에 발길이 멈췄어요. 노부부가 주인이었는데, 몸짓으로 하는 말이 자기네가 직접 만든 것이라 귀한 물건이라는 뜻이었어요. 잘게 쪼갠 대나무를 엮어서 만든 걸 하나 고르자 어찌나 고마워하든지요.

상해 여행을 떠나면서 가장 마음에 두었던 건 동양의 베니스라고 한다는 주가각(朱家角)이었어요. 한 사람의 뱃사공이 앞에서 노를 젓는 지붕이 있는 – 그건 전날 산 배와 모양이 똑 같았어요 – 유람선을 타고 운하를 따라 천천히 내려갔어요.

명나라와 청나라 시대의 정취가 남아 있는 건축물과 하동 지역에서 제일 길고 큰 아치형 돌다리라는 방생교를 볼 수 있었어요. 그 아기자기함이 높은 건물의 벽들 사이로만 이어지던 베니스의 풍경보다 훨씬 정감 있게 다가오더군요.

유람선에서 내려 점심을 먹으러 들어간 식당은 그 골목의 분위기처럼 그리 깨끗한 곳은 아니었어요. 문 앞에 허름한 차림의 노인이 서 있는 걸 보기는 했지만 무심히 지나쳤어요. 점심은 그동안 먹어온 몇 끼의 식사와 다르지 않게 밥과 몇 가지 나물볶음과 닭튀김과 간장 소스에 쪄낸 돼지고기 등이었어요.

마침 배가 고팠던 터라 반찬 그릇은 별로 남은 게 없이 비워졌고, 더 가져다 준 밥이 남았을 뿐이었어요. 다 먹고 일어서자 여주인은 그것들을 잽싼 손놀림으로 큰 그릇에 쓸어 담아 문 밖에 내다 놓았어요. 그러자 문간에 있던 그 노인이 기다렸다는 듯이 때가 탄 자기 그릇에 옮겨 담아 가지고는 걸어가며 허겁지겁 손으로 퍼먹는 게 아니겠어요.

개밥을 하려는 줄만 알았는데 그런 광경을 보니 '아, 고기로 된 반찬을 좀 남길 걸'하는 소리가 탄식처럼 입에서 새어나오는 거였지요. 주가각에서 으뜸가는 정원이라는 과식원을 돌아보고 나오는 길에 다시 한 번 마주친 노인은, 그런 밥이나마 배불리 먹은 뒤라서인지 꼬부라진 허리가 좀 펴진 듯 보이더군요.

다음날 돌아본 상해 옛 거리에서는 또 하나의 잘 꾸며진 정원인 예원을 거닐다 나오는 길에 꽃목걸이를 하나 샀지요. 빨간 돌을 쪼아서 꽃 모양으로 만든 거였는데, 겹겹이 포개진 꽃잎이 자꾸 약해져가는 내 글의 힘을 되살려주지는 않을까 하는 바람에서였어요.

하지만 그보다 앞서는 건 허기진 노인을 위해 '고기를 남길 걸'했던 안타까움. 나보다 누군가를 먼저 생각한 그 순수의 감정이야말로 가슴에서 핀 꽃의 귀한 값이 아닐까요. 값을 치르고 산 목걸이의 꽃잎이 어찌 그 값을 따를 수 있겠어요.

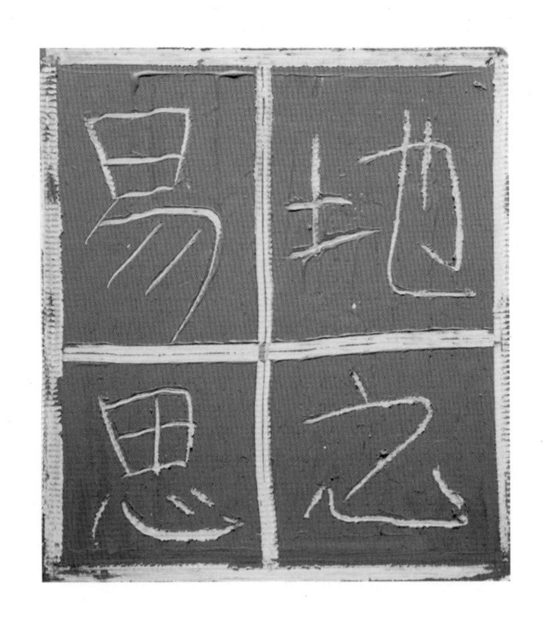

## 열 넷

지금은 구치소로 쓰인다는 후쿠오카 형무소 터 담 뒷쪽에 마련된 제삿상부터가 의아함을 불러 왔어요. 우리야 우리의 시인이니 추모하는 게 당연하다지만, 그를 스물아홉에 감옥에서 가게 한 나라의 사람들이 매년 기일에 모여 이런 시간을 가져 왔다니요. 더구나 '그의 시를 읽는 모임'이라는 이름 아래 모인 그들은 문학을 하는 것도 아니면서, 그의 시에 담긴 올곧은 정신세계만을 연모해 왔다더군요.

손에 들려 있는 몇 송이 장미와 동백과 국화와, 자기 집 마당에 핀 것을 다발로 묶어 왔다는 수선화는 그러한 마음의 증표가 되기에 모자람이 없어 보였어요. 바다 건너 찾아간 우리를 위해 따로 준비해 준 카네이션을 들어, 당시 유학생의 표상처럼 남은 시인의 학사모 사진 앞에 고개 숙이노라니 한데 아우르기에는 버거운 생각들이 오가기 시작했어요.

"이 푸른 목숨이 타국 땅에서 어이없이 스러져갈 때 우린 대체 뭘 했나. 그 나라 사람들이 아깝기 그지없는 시심(詩心)을 기려 긴 시간 동안 이리 지켜준 자리에 왜 이제야 발길이 닿았나. 여기에 꼭 나라 간의 은원이 앞세워져야만 하나."

우린 우리의 말로 그들은 그들의 말로, 살았다면 이미 구십을 넘긴 노인일 그 청년 시인의 시를 번갈아 낭독하는 동안 내내 회색빛이던 하늘에서 아주 잠깐 햇살이 비쳤어요. 시인의 영혼이 우리와 그들의 목소리를 한데 모아 꽃향기와 함께, 이제는 내내 푸르기만 할 그곳으로 가져가기 위해 다녀가는 건 아닐까 싶어 눈물이 어리더군요.

그리고는 따뜻한 녹차와 더불어, 통역을 해주는 이가 참석해 서로의 감정을 어려움 없이 소통할 수 있었던 시간. 난 내가 낭독한 '길'이라는 시에서 내 나이의 반 밖에 못 살고 간 그가 잃어 버렸다고 한 게 꼭 나라만을 지칭하는지, 옳다고 믿는 길을 한 치의 망설임 없이 의연하게 갈 수 있는 본래의 자기 모습인지 알고 싶다는 말을 했어요.

잃은 나라를 위해 지식인으로서 해야 할 몫이 있는데 두려움 때문에 나서지 못하는 나약함. 그런 자신을 끊임없이 질책하고 있는 까닭에 풀 한 포기 없는 길을 걸으며 자기를 찾아야 했고, 눈물짓다 쳐다보면 하늘마저도 부끄럽게 푸르다고 한 게 아닐까 한다는 답이 돌아 왔어요. 결벽에 가까운 자기 성찰의 면모를 헤아리자, 두 가닥의 생각이 얽히기 시작했어요.

"서릿발 같은 자성(自省)으로 그토록 자기를 몰아붙인 성정이었다면, 갇힌 곳에서 타인에 의한 죽음을 맞지 않았다 한들 오래 살 수 있었을까. 내가 그의 두 배 나이가 되도록 삶을 잇고 있는 건, 그저 무난한 마음자리를 택해 왔기 때문은 아닐까."

첫날을 그렇게 보내서였는지, 그 뒤로 이어진 여정은 전혀 고되게 여겨지지 않았어요. 시마바라 화산 피해

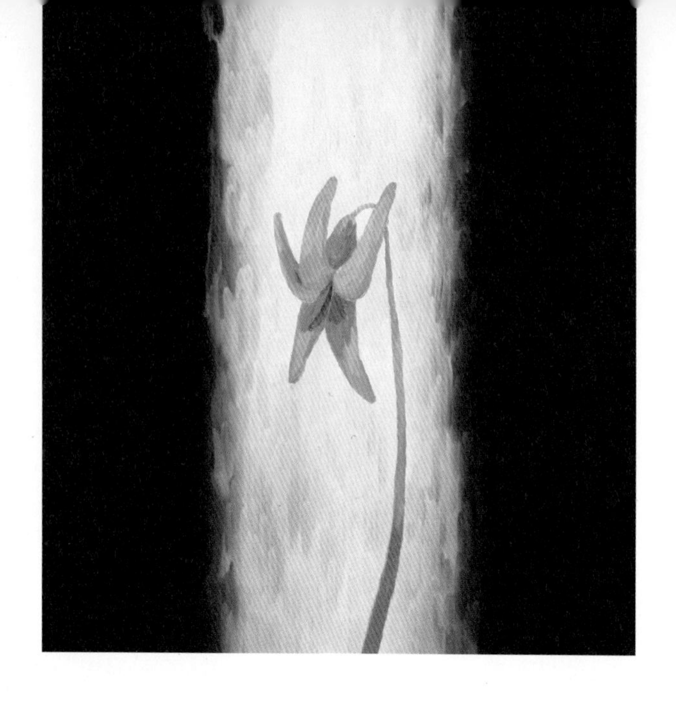

보존 마을에서는 자연 재해의 실상을 보며 가슴을 쓸어내렸고, 유황가스가 분출되고 있어 지옥이라는 이름까지 붙은 운젠 산 중턱의 빗길을 돌아내려 오면서는 그곳에서 있었던 천주교 신자들의 박해 장면을 떠올리며 숙연한 마음이 되었지요.

그 날 저녁에 머문 곳은 돔형의 작은 집들이 모여 있어 동화 속 마을 같았어요. 저녁에 날리기 시작한 눈발이 밤새 그치지 않았는지, 새벽에 나가니 하얀 세상이 되어 있었어요. 아직 아무도 밟지 않은 눈밭에 내 이름을 써놓고 점점이 별이 빛나는 청보랏빛 하늘을 올려다보노라니, '이 많은 별빛이 내린 언덕 위에 내 이름자를 써보고 흙으로 덮어 버렸다'던 너무 맑아 시리기까지 한 시심이 내 것인 양 다가오더군요.

이른 아침부터 눈길을 달려 도착한 아소의 활화산 분화구 나카다케는 아쉽게도 짙은 안개와 바람으로 하여 입성이 허락되지 않았어요. 하지만, 유후인을 향해 가는 길에 오르고 내린 산에서 본 눈꽃은 그 아쉬움을 단번에 잊게 해주고 남았지요. 머리부터 발끝까지 눈의 옷자락으로 감싼 먼 산의 풍경, 모퉁이를 돌 때마다 차창에 눈을 뿌려주는 나무들.

한데 그 순간에 왜 갑자기 얼레지, 우리 봄 산에 피는 특이한 모양새의 그 꽃이 떠올랐는지요. 봉오리일 땐 아래쪽으로 말려져 있던 자홍색 꽃잎이 피어나면서 점점 들리다가 다 피고 나면 완전히 윗쪽을 향하기에, 꼭 하늘로 팔을 들어 올려 자기의 모든 것을 낱낱이 고하는 자세가 되곤 하는 꽃이 말이에요.

'죽는 날까지 하늘을 우러러 한 점 부끄럼 없기를' 소망했고, 그런 자아를 실현하지 못하고 있다는 자책감에 '잎새에 이는 바람에도 나는 괴로워했다'고 토로한 시인의 영혼을, 언젠가 그 꽃에서 느꼈던 건 결코 우연이 아니었을까요. 그 꽃의 값을 그 시인에게서 발견했다는 생각이 그제야 확실해지더군요.

겨울이 끝날 무렵 떠난 여행이라 기대하지 않았던 눈 풍경을 그가 숨진 땅에서 만나게 되자, 또 하나의 생각까지 더해졌지요. 아직 보지는 못했으나 하얀 색의 꽃잎을 지닌 얼레지도 있다던데, 하늘로 간 그 시인의 얼이 정말 그 색깔의 얼레지로 화해 마지막 눈동자에까지 어렸을 우리의 산언덕에 피어나고 있는지도 모를 일이라고요.

거기다 차고 맑게, 그것도 아주 짧게 마감한 목숨으로도 그리 오래 빛날 수 있음을 알게 한 시인의 영혼을 뒤늦게 제대로 만난 셈이 됐으니. 하얀 색은 두고 자홍색의 얼레지라도 되려면 남은 날은 내내 뒤척이는 마음자리가 되겠구나 싶어 걱정이 앞서는 거였어요.

# 열 다섯

그 숲의 물가 쉼터 근처에서 만난 분홍 백합은 그 사람과 내 마음을 이어준 그 날의 가교였을까요. 내가 그곳을 찾으리라는 걸 미리 알고 밤사이 활짝 피어 그 사람의 기억과 손잡게 한 임시 다리 같은 거 말이에요.

나 지금은 서울 시민이 아니지만, 서울 동북부 지역 시민들에게 도심 속 자연을 느낄 수 있게 하기 위해 조성된 서울숲에 드니 다시금 서울 시민이 되기라도 한 듯 기뻤지요. 서울 시민일 때는 그 이름만으로도 나의 숲처럼 여겨져 가슴 뿌듯했거든요.

입구에 있는 군마상은 임금의 사냥터였다가 상수원

수원지로, 다시 경마장으로 바뀌었다는 그곳의 전력을 전과 다름없이 짐작케 하더군요. 그 후 뚝섬 체육공원으로 이용되던 곳을 숲으로 조성하게 되었다던 그 사람의 목소리는 거기서부터 되살아났고요.

조경을 전공한 터라 공원에 함께 가면, 꽃을 보며 그저 예쁘라만 하는 내게 굳이 전문적인 지식을 일러주던 사람이었으니까요. 처음 만났을 때도 도시민에게 쉼터가 될 수 있는 공원의 요소가 무언지 생각해 본 적 있느냐고 물을 정도였지요. 그 사람과 이곳에 왔던 건 아들이 군대에 간 뒤, 허전함을 달래느라 여기 저기 다닐 무렵이었어요.

앞쪽 광장과 거울 연못, 습지 생태원과 자연 체험 학습원, 갤러리 정원과 야생초 화원, 생태숲과 한강 주변 공원 등 다섯 개의 테마로 이루어진 서울숲에서 그 사람이 가장 마음에 들어 한 건 뚝섬 부근의 숲을 그대로 살려 조성한 생태숲이었어요.

나무줄기를 타고 오르내리는 다람쥐와 무늬가 예쁜 꽃사슴에게 먹이를 주면서는, 이런 즐거움을 안겨줄 수 있는 것이야말로 진정한 조경의 의미라고 얼마나 강

이 분홍 백합이 오늘 내게는 마음의 가교구나.

이 꽃이 이 자리에 피어 있는 이유,

그게 바로 가장 귀한 이 꽃의 값이구나.

조를 하든지요. 도심의 숲이 아닌 곳에서 동물을 만나 교감을 나누고 있는 듯한 느낌은 나도 같았어요.

물론 꽃이야기가 들어간 글을 쓰는 내게 더 와 닿은 건 갖가지 꽃들을 마음껏 만날 수 있는 갤러리 정원과 야생초 정원과 허브 정원이었지만요. 콘크리트 구조물 밑에서 피어난 꽃들 사이로 난 길을 따라 걷다 보니, 도심의 삭막함과 대비가 되는 노랑, 빨강, 보라 등의 색채와 코를 자극하는 향기를 이끌어내기 위해 애쓴 손길에 새삼 고마움이 느껴지더군요.

가장 높은 곳에 위치해 한강과 생태숲을 한 눈에 내려다 볼 수 있는 바람의 언덕. 그곳에서부터 서울숲의 공중을 가로지르며 한강 수변공원에까지 이어지는 다리, 그 긴 보행가교를 걷는 동안은 바람이 어찌나 센지 모자가 날아갈 정도였지요.

앞서가며 사진을 찍어주던 사람이, 그 후 일 년을 조금 넘기고 별안간 삶을 마감함으로 하여 서울 시민의 자격을 잃게 될 줄 그때는 짐작이나 했을까요. 그 가 하늘의 시민이 된 뒤 무엇에 쫓기기라도 하듯 서둘러 서울을 벗어난 곳으로 거처를 옮기면서, 그 사람과 살면서 가졌던 서울 시민의 자격을 내놓았지요.

그런 일이 있은 지도 벌써 오 년째. 이제는 그 사람과 동행했던 곳에 가도 마음이 그저 잔바람이나 이는 풀밭일 거라 자신했는데, 아직은 아니었나 봐요. 문인 모임이 있어 그 숲에 들기 전부터 가슴이 저려오기 시작했으니까요. 아니, 그곳이 행선지라는 걸 알고 난 직후부터 그랬다는 표현이 오히려 맞겠네요.

마음이 그러니 숲해설가를 따라 걸으며 서울숲에서 자라는 나무에 대해 설명을 듣는 시간에도 아무렇지 않은 얼굴로 서 있기가 힘들더군요. 일행을 벗어나 숲속 놀이터가 있는 길로 들어선 건 그래서였는데, 조금 가니 물가의 쉼터가 나오고 그 옆에 꾸며진 화단에서 분홍빛 백합 한 무리를 만나게 될 줄은요.

탐스러운 꽃송이들을 보는 순간 눈물이 핑 돌았지요. 그건 그 사람이 우리가 함께 머물렀던 집 화분에 심어 가꾸던 화초였으니까요. 여름이 시작되는 이맘 때면 굵고 곧게 올라온 줄기에서 얼마나 화사한 나팔 모양의 꽃을 여러 송이 피우곤 하든지, 꽃이 피어 있는 내내 현관문 앞은 꽃등이 켜진 것 같았어요.

한참을 기억 속에 빠져 있다 어느새 내리기 시작한 가랑비에 눈을 드니, 머리 위를 지나고 있는 그 바람 심하던 보행가교가 보이더군요. 그 순간 스치는 생각이 뭐였는지 짐작하시겠어요. '이 분홍 백합이 오늘 내게는 마음의 가교구나. 이 꽃이 이 자리에 피어 있는 이유, 그게 바로 가장 귀한 이 꽃의 값이구나.'

마음은 어쩔 수 없이 서글픈 빛이었지만, 그래도 서울숲이 이렇게 건재해 그 숲의 나무와 꽃을 통해 목소리와 얼굴로는 만날 수 없는 사람을 만날 수 있었으니 오늘은 좋은 날이라고 해야겠네요. 사람은 떠났어도 함께 거닐었던 숲이 남아 있는 한 기억은 지워지지 않고 그대로 살아 있을 테니, 그것도 이 세상에서 만날 수 있는 좋은 일이 아닐는지요.

꽃값

## 열 여섯

태안의 바닷가 천리포에 자리한 특이한 수목원의 이야기를 처음 들려준 건 삼십 년을 내 곁에 머물다 떠난 그 남자였어요. 갯내음 섞인 모래 바람이 부는 야트막한 언덕에 푸른 눈의 한 남자가 후박나무 한 그루를 심어 시작한 곳이라고요.

생전에 '나무 할아버지'라 불리던 그는 바닷가 풍토에 적응해준 그 후박나무와 여러 종류의 목련을 유난히 아꼈고, 더불어 자라난 호랑가시나무와 동백나무가 사람 손에 다치는 걸 지극히 꺼려 쉽사리 그곳을 개방하지 않았다더군요. 하지만 나무에 애정을 가진 사람들에게는 기꺼이 문을 열어주었다고요.

조경을 하는 사람들 모임에서 진작 그 수목원에 다녀왔다는 말을 내 남자에게서 들으면서는 어찌나 부러웠는지 몰라요. 다시 갈 기회가 생기면, 조경을 하지는 않지만 글 쓴다는 걸 내세워서라도 꼭 데려가 주겠다는 약속을 받아낼 정도로요. 그러고 나서도 그곳을 동경하는 마음은 쉽게 수그러들지를 않았지요.

나무를 위해 그렇게 문을 닫아걸고만 있었던 수목원이 일부를 개방하기로 결정한 건 나무를 자식 삼아 살며 우리 이름까지 지녔던 그 남자가 세상을 뜨고 나서 칠 년 후. 하지만 딱하게도 그곳에 데려다 주마고 약속하고서는 미루기만 하던 내 곁의 남자도 하늘 조경 공사를 하러 떠난 지 일 년이 지난 뒤였어요.

그래서 오늘 그 수목원을 향하는 발걸음이 내게는 두 남자를 만나러 가는 길처럼 여겨졌던 걸까요. 어쩌면 반드시 데려다 주겠다고 약속을 했던 그 남자가 미안한 마음으로 내 마음을 안고와 수목원의 남자에게 인사를 시켜 준 건지 모르겠다는 생각도 들었고요.

돌아보면 내가 꽃에 관한 글을 써낼 수 있었던 건 그

남자 덕이었어요. 꽃과 나무에 대해 잘 일러주었고, 그 남자의 수목도감이나 화훼도감을 내 것인 양 꺼내다 볼 수 있었으니까요. 한참 지난 뒤에 보니 빌려다 보던 그 책들은 어느새 내 책장으로 옮겨와 있고, 거꾸로 그 남자가 내게 꽃과 나무에 대해 묻고 있었지요.

수목원의 남자가 마지막까지 머물렀다는 한옥엔 '후박집'이라는 이름이 붙어 있어, 또 한 번 내 남자를 떠올리게 만들었어요. 언젠가 내가 탐스러운 꽃을 피운 일본 목련을 가리키며 '저 후박나무는 향기가 그윽해서 좋다'고 한 적이 있어요. 그랬더니 '후박나무는 따로 있지. 꽃이 황록색의 자잘한 모양새로 피는, 무엇보다 바닷가에서 잘 자라 간척지에 조림용 식재로 쓰이는 나무야' 했었거든요.

수목원의 손님 집에서 하룻밤을 묵노라니, 자기가 죽으면 묘를 만들 자리에 한 그루 나무라도 더 심으라고 했다던 남자의 나무 사랑이 새벽안개로 밀려와 잠을 깨우더군요. 그 남자의 이름을 단 목련나무와 눈인사라도 나눌 양으로 서둘러 나갔지요. 내 곁에 머물렀다 떠난 남자의 유난히 큼지막한 뒷모습도 나무로 둘러싸

예수가 쓴 면류관의 가시를 뽑아주던 '로빈'이라는

새가 가시에 찔려 죽었는데, 그 새가 좋아한 열매가

바로 호랑가시나무의 열매라 성스럽게 여겨

성탄 때 장식한다는 말이 전해져오지요.

인 숲길 어디선가 만날 수 있을 것 같아 더욱 마음이 급했어요.

한데 그 산책길에서 만난 건 그저 마음으로만 그릴 수 있는 두 남자가 아니라, 목을 젖혀 올려다 보아야할 만큼 키가 크고 둥치가 굵은 호랑가시나무였어요. 크리스마스카드에 등장하는, 빨강 열매와 윤기가 나는 초록 이파리로 기억되는 그 나무가 그리도 우람하게 자라는 줄은 미처 몰랐기에 눈이 휘둥그래질 수밖에요.

예수가 쓴 면류관의 가시를 뽑아주던 '로빈'이라는 새가 가시에 찔려 죽었는데, 그 새가 좋아한 열매가 바로 호랑가시나무의 열매라 성스럽게 여겨 성탄 때 장식한다는 말이 전해져오지요. 또 이파리의 가장자리가 바늘처럼 뾰족하게 변하는 탓에 호랑이처럼 무서운 가시를 지녔다는 뜻으로 그런 이름을 지니게 되었다고요.

그 가시가 사람의 나쁜 마음을 없애 준다든가, 그 나무로 만든 지팡이를 지니면 사나운 동물을 피할 수 있다든가 하는 것도 다 그 나무의 가치를 높이 사는 데서 나온 말이었을 거예요.

남쪽 섬에 있는 어느 테마공원에서 호랑가시나무의

노랑꽃에서 나는 향기를 맡았던 기억이 있어요. 어스름 저녁이었는데 바람에 실려 코끝에 닿는 그 향기가 어찌나 달콤했는지 잠시 내가 서 있는 곳이 어딘지를 잊게 만들더군요. 다음엔 꼭, 미국 호랑가시학회가 공인했다는 이 호랑가시 수목원의 호랑가시나무가 가장 빛을 발하는 때. 진초록 이파리와 빨간 열매와 하얀 눈이 최상의 꽃값을 만들어낼 무렵에 와야겠다는 생각이 강해지네요.

돌아오는 길에 수목원의 문 앞까지 나와 손을 흔들어주는 또 한 남자가 있었다는 이야기도 해야겠군요. 나무에 대한 애정이 너무 깊어 나무와 더불어 몇 십 년을 보내고 나서도 모자라 이곳에서 또 나무와 더불어 살기로 했다는, 그래서 아예 나무처럼 보이기도 하는 남자. 다음에 이곳에 올 땐 두 남자가 아니라 세 남자의 수목원에 가노라고 말해야겠어요.

꽃값

## 열 일곱

진분홍 빛과 하얀 빛의 고불고불한 꽃을 가지 끝마다 한 아름씩 피워낸 배롱나무가 예까지 오느라 애썼다고 정감 어린 눈인사를 건네는 여름 수도원의 정원. 그 정경이 잠깐 낯설게 여겨진 건 그 나무의 꽃들이 만발할 무렵 그곳을 찾은 적이 없기 때문이었겠지요.

아침 일곱 시에 장충동 분원에서 떠나는 차를 타기 위해서는 창밖이 가까스로 훤해져 오는 첫 전철을 타야만 했어요. 수련 심화 피정이 이틀 간 열리는 왜관 본원 피정의 집에 닿은 것은 열한 시가 다 되어서였고요. 방 배정을 받자마자 낮 기도 시간에 맞추어 서둘러

성당으로 향했어요.

계단 초입에서 항상 같은 지팡이와 규칙서로 맞이해 주는 베네딕도 성인상에 고개를 숙이고 나서 보니, 잘 벋어나간 가지에 부채처럼 펴진 자잘한 꽃송이를 몽오리 지어 달고 있는 나무 몇 그루가 눈에 들어오더군요. 한 송이 한 송이 꽃의 수명은 그리 길지 않으나, 한데 뭉쳐 있는 꽃송이들이 차례대로 피어나며 백일을 간다고 해서 목백일홍이라고도 불리는 배롱나무였어요.

진분홍빛 꽃을 피운 나무도 반가웠지만 하얀 빛의 꽃을 피운 나무가 더 다가왔던 건 성당 안에서 마주한 수사님들의 흰 여름 수도복 때문이었을까요. 성무일도가 노래로 이어서 울려 퍼지는 동안, 진분홍빛 꽃보다는 흔하지 않은 하얀 그 꽃이 순후한 찬미로 피어나고 있다는 생각마저 들었으니까요.

기도를 마치고 다시 피정의 집으로 건너오는데, 지금은 하늘에 있는 수도원의 나무를 돌보고 있을지 모를 한 사람이 떠오르더군요. 오래 전 겨울, 함께 이곳을 찾았을 때였나요. 구 성당 앞에 서 있는 – 회갈색 줄기에 얼룩무늬가 있는 나무를 가리키며 목백일홍이라고,

꽃이 유난히 곱다고 일러 주었었거든요.

몇 년의 시간이 가도 배우자를 먼저 보낸 슬픔은 옅어지는 게 아니어서, 어쩔 수 없이 그늘진 마음으로 강의실 한 쪽 구석 자리에 가 앉았지요. 한데 노신부님의 잔잔한 목소리에서부터 천천히 그 잿빛이 걷히기 시작하는 거였어요.

지극히 안정된 삶을 버리고 떠나라는 하느님의 명령에 그대로 따랐던 아브라함을 통해서, 우리는 세상적인 가치로부터 과감히 떠날 수 있는 용기와 순종을 배워야 한다고요. 소리를 높이지 않았음에도 그분의 흰 머리 연륜과 일치를 이루며 가슴 깊이 스며들더군요.

그 뒤에 이어진, 몸집만큼이나 목소리 우렁우렁한 수사님의 지도 시간은 나이 먹은 우리가 나이를 뒤로 하고 몰입해 들어간 유쾌하기 그지없는 웃음의 뜰이었어요. 조별로 나뉘어 머리를 맞대고 꽃 이름과 새 이름과 동물 이름 적기를 했는데, ㅁ자로 시작되는 동물 이름을 대라는 말에 '모기'라고 쓰고는 그것도 크게 보면 동물이라고 할 만큼 천진해져 있었으니까요.

그리고는 정반대 의미의 풍선 불기를 시켜 우리를 가

슴 뭉클하게 하나로 만들어 놓고야 말았어요. 처음 풍선 불기에서는 자기가 가진 나쁜 기운을 다 불어 넣어 꼭지를 묶지 말고 날려 보내라고 하더군요. 다음엔 그 풍선을 도로 주워 좋은 기운을 터지지 않을 정도로 빵빵하게 불어 넣어서는 꼭지를 묶으라는 거였고요.

가슴에 와 닿은 건 그 뒤부터였어요. 앞에 놓인 성수를 찍어 옆 사람의 이마에 성호를 긋고 자기 풍선을 주며 "제 좋은 기운을 당신께 드릴게요."라고 말하라는 지시였거든요. 처음에는 좀 쭈뼛거리던 나 같은 사람도 얼마가 지나니 움직임이 활발해져서 자기 풍선이 누구에게 갔는지는 아예 헤아릴 수가 없을 정도가 됐지요.

그런 중에도 머리를 오가는 생각이 있었다면 내게도 이런 밝은 표정이 있었나, 누구에게 나의 좋은 것을 이렇게 전해주고 싶어 한 적이 있었나 하는 거였어요. 어쩌면 이 늦은 저녁 피정의 집 강의실에서 피어나고 있는 건 목백일홍의 진분홍빛 꽃일지 모른다는 생각도 함께 말이에요.

무지개니 팔색조니 하고 조별 이름을 붙인 가지각색 옷의 우리가 흰 수도복의 수사님들이 피우는 그 나무의 하얀 빛 꽃에 비유될 수는 없을 테니까요. 하지만 개개의 송이가 오래가서가 아니라 여러 송이가 이어서 피는 까닭에, 그 나무는 백일을 가는 꽃으로 사랑받는다는 사실. 목백일홍의 꽃값은 바로 거기에 있다는 걸 깨달은 것만으로도 기쁨은 충분했어요.

그 기쁨은 다음 날 마무리 시간에, 남의 말을 듣기만 할 뿐 좀처럼 입을 열지 않아온 냉소적인 나로 하여금 느낀 바를 토로하게끔 만들었지요. 약간은 장난기 섞인 이야기까지 할 수 있었던 내가, 돌아와 생각해도 신기하게 여겨질 정도로요.

"이 피정에 참가하느라 저는 재정적 손실이 컸어요. 백수에게 모처럼 의뢰가 들어온 백일장의 심사비를 포기해야 했거든요. 하나, 이번에 빠지면 십일월 유기서원 때 봉헌복을 못 입을 수도 있다는 말에 재고의 여지가 없었지요.

봉헌회에 들어온 가장 큰 이유가 봉헌복을 수의로 입을 수 있다는 말에 매료되어서였으니까요. 목숨 카드 한 장 쥐고 있다고 해야 할 이 나이에, 이렇게 주저 없이 향할 수 있는 삶의 한 부분이 있다는 게 특별한 축

복으로 다가온 시간이었어요."

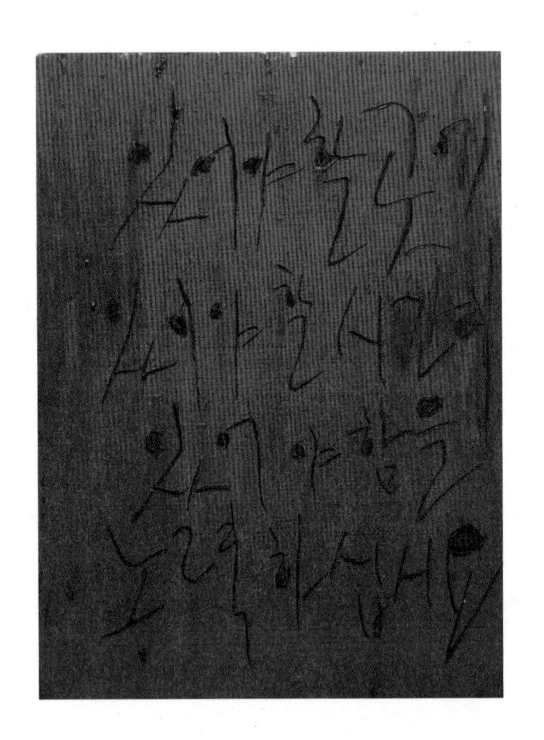

꽃값

# 열 여덟

어떤 것의 의미를 그토록 잘 담아내는 존재도 있을까요. 베네딕도 수도회의 봉헌회 일원이 된 지 삼 년째. 첫 유기 봉헌 준비를 하기 위해 왜관 피정의 집에 들어선 길이었어요. 피었던 꽃들이 다 져버리고 남을 계절인데 담벼락 밑의 긴 화단에는 노랑색과 주황색의 매리 골드가 생생한 모양새로 피어나 있더군요.

한여름이 좀 지나서 피기 시작하면 서리가 내리도록 꽃송이를 흐트러뜨리지 않은 채 남아 있어 늦가을 뜰을 지키는 유일한 꽃이곤 했지요. 하지만 너무 길게 피어 있는 모습에 질려서인지 그리 마음에 다가오는 꽃은 아니었어요.

검은 수도복 차림의 수사님들이 두 줄로 들어와 제대를 향해 깊이 고개 숙이고 양쪽으로 나뉘어 서서 노래로 기도하는 모습은 여전히 가슴을 울렸지요. 누군가가 왜 수도원에 가느냐고 묻기에, 오래 전에 처음 보았던 그 의식에 반해서였노라고 답한 적이 있거든요.

점심을 먹은 후에는 강당에 모여 부원장 수사님의 지도로 모임을 가졌는데, 시작 성가로 부른 게 '성모님을 따르리'였어요. '성모님을 따르니 길 잃지 않고, 성모님께 의지하니 실망치 않네'라는 노랫말이 내 묵주 기도의 여정을 떠올리게 하더군요.

영세를 받고 나서 삼십 년 넘게 하루도 빠뜨리지 않은 게 있다면 묵주를 돌리며 하는 그 기도였으니까요. 태어날 아이의 온전함을 간구하며 목걸이인 양 걸고 다니던 묵주의 의미를 안 건 출산 후 스스로 찾아간 교리 시간에서였어요.

마음이 산란하든 말든 입으로라도 오단을 바치고 나면 늘 써온 일기와 함께 하루의 마침표를 찍는 기분이었지요. 그러다 절박하게 매달려야 할 일이 생기면 구일 기도를 드리기도 했고요. 딱히 그럴 일이 없어도, 십일월이면 그 기도를 올리게 된 건 하늘로 보낸 사람이 생기면서부터였어요.

돌아보면 묵주 기도의 힘을 섬광처럼 느낀 적은 없어도, 스스로 알아채지 못한 위기의 순간에 매일 바쳐서 차곡차곡 쌓여 있던 그 기도가 나를 보호해 주었으리라는 믿음은 지니고 있었어요. 성모상 앞에 촛불을 켜고 기도를 드리다가 조는 바람에 앞 머리카락을 태운 적은 있어도 멈춘 적은 없으니까요.

거기다 몇 달 전 어느 날 환희와 고통과 영광의 신비에 빛의 신비까지 더해 하루에 이십 단씩은 해야겠다는 생각이 불현듯 들어, 지금은 그 약속을 지키기 위해 애쓰는 중이지요. 죽는 날까지 그거 한 가지만이라도 이행한다면 그리 쓸모없는 목숨은 아니었다고 말할 수 있으려나 하면서 말이에요.

저녁 기도를 마친 후에는 수도원 손님 집 안에 있는 널찍한 온돌방에 모두 둘러앉았어요. 가운데 켜진 촛불을 바라보며 잠시 묵상을 하고 나자 지도 수사님이 여태 안 해본 걸 시키더군요. 다 일어선 뒤, 한 사람이

자기 옆 사람 앞에 꿇어 앉아 양발에 두 손을 얹고 '당신의 소망을 하느님께서 이루어 주시기를 빕니다'하면 그 뒤를 따라 똑같이 하라고요.

나는 속으로 이렇게 기도를 드렸어요. '당신의 소망이 무엇인지는 모르겠으나 성모님께서 함께 빌어 주시기를 빕니다.' 그때까지도 내 묵주 기도의 여정에 생각이 머물러 있었던 터라 그 기도에 더 진심이 담기리라

여겼거든요.

그렇게 엎드렸다 일어났다를 반복하는 사이 여기저기서 훌쩍이는 소리가 들려 왔어요. 자기 발에 손을 얹고 기도해주는 이의 머리를 내려다보는 사람도 무릎을 꿇고 기도를 드려 주는 사람도 차츰 가슴이 젖어오기 시작한 때문이었을 거예요. 나중엔 눈물과 콧물이 범벅된 얼굴로 얼싸안으며 '우리 끝까지 함께 가요'라는 말을 얼마나 주고받았는지요.

피정집으로 돌아와서는 소성당에 올라가 끊어지지 않고 계속 이어지는 성체 조배를 했어요. 각자 원하는 때를 택해서 한 시간씩 조배를 하고 나서는 다음 사람을 깨우는 거였어요. 나는 다섯 시에 올라가 처음부터 묵주 기도를 하기 시작했어요.

"성모님께 이 기도로 매달리지 않았다면 지금 만큼의 삶이나 이어갈 수 있었을까."

생각이 거기에 이르자 눈물이 흐르더군요. 이 눈물이야말로 성모님과의 일치가 아닐까 하며 일어나 뜰로 나오니, 다시금 눈에 들어오는 게 웅크려 앉아 피어 있는 매리 골드 그 꽃이었어요. 새벽 추위에도 여전히 생생한 낯빛들이었지요.

그제야 깨달아지는 게 있더군요. 너무 오래 피어 있어 질린다는 느낌을 주던 저 꽃이 바로 내가 이어온 묵주 기도의 여정을 말해주고 있었구나. 더구나 삶의 계절이 이미 늦가을에 접어들기까지 했으니, 입으로만 되뇌는 기도가 됐든 졸면서 하는 기도가 됐든 저 꽃으로 피어나는 수밖에는 없겠구나.

돌아와서 새로이 알게 된 게 있어요, 천수국 또는 만수국으로도 불리는 그 꽃의 이름이 '마리아의 황금 꽃'이라는 의미를 지니고 있다는 것. 묵주 기도를 일컬어 성모님께 장미 송이를 바치는 기도라고 하지만 내게는 십일 월 화단을 끝까지 지키는 매리 골드를 바치는 기도가 되겠네요. 그게 그 꽃의 값이었던 거예요.

꽃값

## 열 아홉

지인이 점심이나 하자기에 왜관 수도원에 가야 한다고 했더니 수도자도 아닌데 웬 수도원이냐고 묻더군요. 결혼을 했던 내가 수도회에 들어갈 수는 없으나 봉헌회라는 게 있어 들어간 지 삼 년째라고 답해 주었어요. 이번에는 봉헌복을 받아 입는 의식이 있는데, 내게는 하느님과의 재혼처럼 받아들여져 더 의미가 깊다고요.

남편을 잃고 잿빛 머리로 지내온 지 벌써 육 년째, - 왜 그리 되었는지는 '다시, 카라의 찻집'에서 이미 읽으셨겠지요 - 홀로 지내는 생활에 익숙해지고도 남았는데 '재혼'이라는 말을 서슴없이 입에 올리다니 스스로도 놀라웠어요. 그것도 감히 하느님하고요.

남편을 떠나보내고 처음 일이 년은 갑작스레 무너져 버린 일상을 수습해야 한다는 절박감에 흘린 눈물이 대부분이었어요. 그러다 삼 년째 접어들면서는 울타리가 없어 한여름에도 한기를 끌어안고 지내야 하는 생활에 서러움이 깊어 갔지요.

그러면서도 남편과 금슬이 좋았던 것도 아닌데 다른 누군가에게 기대고 싶은 생각은 점점 옅어지더군요. 삼십 년 가까운 결혼 생활의 기억 위에 다른 기억을 쌓는 것도 내키지 않았고, 무엇보다 아들에게 그런 선택을 하는 모습을 보이고 싶지 않았어요.

그 무렵이었나요. 긴 시간 마음의 벗으로 지내온 수사님이 몸담고 있는 수도원에 봉헌회가 있다는 걸 알게 되었지요. 수도자가 될 수는 없으나, 그 수도회의 규칙에 따르며 청원기와 수련기와 유기 봉헌기를 거쳐 종신 봉헌을 할 수 있는 길을 열어 주는 거였어요.

좀 더 심화된 신앙에의 갈망을 품어온 이들에게는 고마운 기회로 받아들여져서인지 많이 찾고들 있었어요. 매달 한 번 수도원에 가서 미사 보고 강의 듣고 성경 독서하고, 일 년에 한 번은 피정하며 단계를 밟아가는 의식에 참여해야하는 데도 말이에요.

보호막, 내가 원한 건 그거였어요. 남편 없는 생활은 울타리가 없는 집과 같아서 불어오는 바람을 우선 막아줄 존재가 없다는 불안함과 허전함의 또 다른 얼굴이기도 했으니까요. 모임에서 지루해지면 남편을 핑계로 일어나던 기억이 그리움으로 되살아날 정도로요.

이미 늦가을. 십일 월에 접어든 나이가 되어버린 내가 결혼이라는 약속으로 묶여지지 않은 누군가가 보호막이 되어줄 수는 결코 없다는 걸 모를 리도 없으니, 하느님 그늘로 드는 수밖에요. 청원식을 한 달 앞두고는 이 또한 구속으로 다가오면 어쩌나 싶어 마음을 접기도 했지만 이내 돌아섰지요.

첫 유기 봉헌식은 수련식이 끝난 후 받은 노트에 수도회의 규칙서를 옮겨 쓴 걸 제출하는 것에서부터 시작이 되었다는 게 맞을 거예요. 물론 피정에 들어간 전날 저녁 자기 글씨로 공들여 적은 봉헌증서를 제대 위에 올려놓는 게 시작이기는 했지만요.

이름과 함께 세례명이 불리자 "예, 여기 있습니다."하고 봉헌증서를 들고 나갈 때도 눈물이 났지만, 다음 순서에선 더 그랬어요. 제대 아래 서서 양 팔을 가슴에 엇갈리게 모으고 깊이 고개를 숙이며 노래를 부를 때 말이에요.

"주님, 주님의 말씀대로 저를 받으소서. 그러면 제가 살겠나이다. 주님은 저의 희망을 어긋나게 하지 마소서." 그게 수시뻬(Suscipe)였지요.

흘러내린 눈물이 발등에 떨어지기까지 한 건 단지 그 예식을 하느님과의 재혼식이라고 여긴 나 뿐 만이었을까요. 거기까지 이른 이들은 어쩌면 배우자의 있고 없음을 떠나 하느님만이 영혼의 보호막이 될 수 있다는 걸 인식하고 있는 건 아니었을지요.

수사님들이 수도복 위에 입는 망토를 본떠서 만들었다는 봉헌복도 - 두건이 달린 데다 소매 폭과 몸체의 폭이 넓고 발목까지 내려올 만치 길어서, 아이들이 보고는 해리포터라는 영화에 나오는 옷 같다고 한다는 - 바로 입는 게 아니더군요. 이름이 새겨진 검은 봉헌복을 대수도원장인 아빠스님께로부터 받아들 때 나지막하게 주어지는 한마디는 가슴을 파고들었어요.

“그리스도의 가벼운 멍에를 뜻하는 이 옷을 받으십시오.” 그렇게 적절한 표현을 찾아낸 이는 누구인지 감탄이 먼저 나왔어요. 수도자가 아닌 봉헌회원이니 무겁다기보다는 가볍다는 말이 맞을 테고, 그래도 수도회의 규칙을 따르겠다는 사람들이니 어떤 식으로든 멍에가 될 건 분명한 사실이니 말이에요.

남편과의 결혼식 때는 흰 드레스에 하얀 카네이션을 들었었던가요. 식을 마치고 나자 수도원 성물방에 머물며 그림을 그리고 있는 아들이 꽃을 들려주더군요. 검은 봉헌복에 푸른 수국 한 송이, 그게 재혼식의 내 모습이었어요. 푸른 수국의 꽃말이 ‘냉정’이니, 사람을 향한 기대를 더는 품지 않게 된 마음과 잘 어울린다고 해야겠지요.

돌아보니 빈 가지로 남아가는 나무의 쓸쓸함에 매료되어 철없이 좋아해온 십일 월, 내 삶의 달력엔 여러 가지가 적혀 있네요. 남편 알베르또와 체칠리아 나의 축일, 삼십 년 전 결혼기념일, 자기 생일과 일치하는 남편의 기일, 오늘 하느님과의 재혼 기념일. 거기다 하나 더하고 싶은 게 있다면 봉헌복을 수의로 입고 떠날 나의 기일.

의식이 끝난 후 이어진 축하 자리에서 아빠스님이 웃음의 말을 던지셨지요, "베네딕도회, 베씨 가문의 일원이 되신 걸 진심으로 환영합니다"라고. 그게 내게는 남편 문중의 사람이 되었다던 말에 버금가는 든든함으로 다가오더군요. 아들이 어미의 재혼을 축하하며 준 꽃의 값이 무엇인지는 두고두고 새겨야 할 일이었고요.

꽃값

## 스물

처음엔 발을 들여 놓기도 조심스러웠는데, 이제는 제법 익숙한 발걸음이 된 그 수도원 안쪽에 진심으로 애정 어린 눈길이 가는 존재가 있다는 걸 아세요. 성당 건물을 지나 금속 공예실과 출판사로 가는 길도 지나고, 비탈진 언덕을 내려가 채마밭이 있는 맞은 편 집에 사는 골든 리트리버 모녀.

딸은 미카엘의 프랑스 발음인 미쉘이라는 이름을, 어미는 수도원 내 상원관 지킴이였던 적이 있어 상순이라는 이름을 지니고 있지요. 그 모녀를 알게 된 건 지난해 여름 피정 때였어요. 휴식 시간이 주어져서 여기 저기 거닐다가 마침 그곳에 이르렀는데, 맡아 기르는 수사님과 앞서거니 뒤서거니 하면서 오고 있었어요.

산책을 마치고 오는 길인지 헐떡거리며 걷다가, 나를 본 한 녀석이 귀가 펄럭이도록 뛰어와서는 두 발을 들며 반갑다고 야단이었어요. 그 뒤를 따라 좀 둔한 발걸음으로 온 녀석은 가슴에 폭 안기기까지 하고요. 그때부터 어미끼리 통하는 느낌이었다면 과장일까요.

미쉘은 두 살이고 상순이는 네 살인데, 딸은 아직도 철이 없고 샘이 많아서 어미를 제치고 나대기 일쑤라고 하시더군요. 그래도 어미가 아무렇지 않게 비켜주며 양보를 하는 게 참 기특하다고요. 그 말 뒤에 미쉘과 상순이를 맡아 기르게 된 사연을 덧붙이셨지요.

상순이의 어미는 염소들과 살던 농장견이었고 그 딸인 상순이가 아들과 딸을 낳았는데, 아들은 소시지를 만드는 곳의 지킴이로 있고 딸인 미쉘과 함께 살고 있는 거라고요. 처음에는 손님들이 오면 묵고 가는 상원관 옆에 묶어 놓았는데, 사람들의 왕래가 잦지 않은 곳이라 그랬는지 상순이가 갈수록 맥이 없어지더라고요. 사람처럼 우울증이 온 듯이 보였대요.

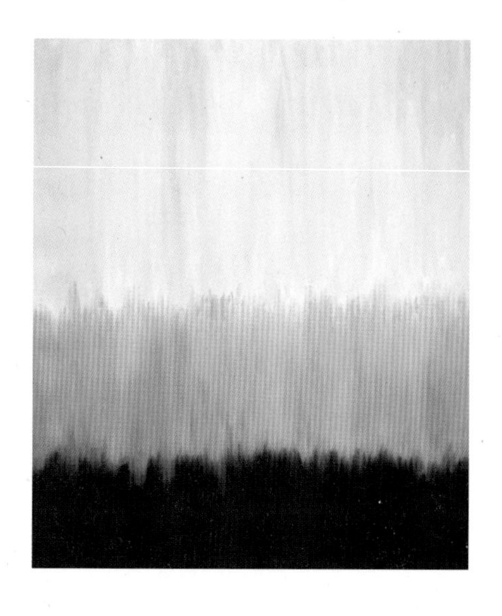

게다가 어느 날 미쉘이 달아나서 없어지는 바람에 애를 태우며 이틀을 찾아 헤맸었다나요. 수도원에서 운영하는 학교의 복도를 어슬렁거리기도 하고 교실에 들어가 버티고 앉아 있기도 하는 걸 유기견 보호소에서 데려갔는데, 아무래도 수도원에서 키우는 개 같다고 연락이 와서 한달음에 달려가 찾아 왔다고요.

그 이야기를 듣고는 가슴이 아파서 지금의 농장 담당 수사님이 아버지 되기를 자청하셨다더군요. 채마밭이 있는 쪽으로 데려와 집 지어서 살게 하며 목욕시켜

주고 틈 날 때마다 산책을 시켜주노라니, 상순이도 활기 있어지고 미쉘은 너무 원기왕성해서 탈일 정도가 되었다며 뿌듯해하시는 거였지요. 영락없는 아버지의 눈빛이었다니까요.

"재들을 알아보는 사람들이 제법 있어서 목욕 비누며 간식이 떨어지지를 않아요. 나보다 훨씬 인기가 많아서 자기 벌이는 하는 녀석들이라니까요."

이야기를 들은 뒤 집을 보니 깨끗하기 이를 데 없고 햇빛 가림막까지 쳐져 있어 수사님의 정성을 엿볼 수 있었어요. 연두색 울타리에 붙어있는 '상순이와 미쉘의 집'이라는 팻말도 재미있는 모양새였지만, 그 밑의 안내문은 또 얼마나 웃음 짓게 만들었는지요.

"상순이와 미쉘이 불쌍한 눈으로 쳐다봐도 흔들리지 마시고, 간식은 둘의 건강을 위해 적어놓은 것 이상의 양을 주시면 안 돼요. 꼬옥 부탁드려요. 늘 감사해요. 아빠 수사 올림"

평소에 키우는 개의 아빠니 엄마니 하는 표현을 마땅치 않아 했었는데, 독신 생활인 수사님에게는 예외의 마음이 되는 거였어요. 잘 지내다가도 서로 상처 입히고 돌아서기 일쑤인 사람보다 몇 배 나은 벗을 지니신 게 다행스럽게 여겨지기도 했고요.

그 뒤론 수도원에 갈 일이 있으면 잊지 않고 그들을 보러 가곤 했어요. 어떤 날은 고단한지 따뜻한 담요가 깔린 잠자리에 코를 박고 웅크린 채로 아는 척도 안 했고, 어떤 날은 울타리 사이로 앞발을 내밀며 악수를 해달라고 연신 흔들었어요. 그럴 때면 어미와 딸인 게 단박에 구분이 가는 거였어요.

미쉘과 상순이가 함께 발을 내밀어 흔드는 바람에 이 쪽 저 쪽 번갈아 잡아주다 보면 미쉘이 여지없이 상순이를 밀치곤 했으니까요. 한두 번 옆으로 쓱 비켜주다가 상순이는 아예 안으로 들어가 버리기 일쑤였거든요. 그리고는 엎드려서 눈빛으로 말하는 것 같았어요.

"어미인 걸 어쩌겠오."

"그래, 어미인 걸 어쩌겠니."

이번 늦가을 피정 때였나요. 상순이와 예의 그 눈빛을 주고받다 보니 뒤돌아보아지는 게 있더군요. 나 또한 어미로 살기가 그리 녹록하지 만은 않았다는 것, 하지만 어미여서 나를 내주면서도 그리 기쁠 수 있음을 체득하게 되었다는 것. 그래서 이제는 어미였음이 내 삶의 가장 큰 자랑이라고 망설임 없이 말할 수 있게 되었다는 것.

다음에 또 보러 올게 하며 손을 흔들다가 갑자기 억새꽃이 떠오른 건 왜였을까요. 가을 들판을 일렁이게 하는 그 꽃들은 처음엔 반지르르하게 윤기를 지니고 있지만 피어나면서 점점 부스스해지고 나중엔 꺼끌꺼끌해지기까지 하지요. 양분이 빠져나갔음을 저절로 느끼게요.

그럴싸해서 그런지 미쉘의 털에서는 피어나기 전 그 꽃의 윤기가 느껴지는데 상순이의 털에서는 다 핀 뒤의 메마름이 전해져 오더군요. 상순이나 나나 그런 쇠락이 단지 서글픔이 아닐 수 있는 건 어미가 아니면 가질 수 없는 애정의 깊이 때문일 테니, 그걸 되짚어보게 한 그 꽃의 값이 얼마나 귀하게 다가오든지요.

꽃값

# 스물 하나

먼저 하늘 길을 걸어 떠난 이들을 위해 기도하는 달, 십일 월. 왜관 수도원 수사님들이 돌아가면 묻힌다는 수도원 묘지에 들를 기회가 있었어요. 왜관 성당 묘지인 창마 공원 한 쪽에 자리해 있더군요. 창마는 그 마을 이름이고요.

차에서 내려 계단으로 이루어진 묘지 언덕을 올려다보는 순간, 검은 수도복을 입은 수사님들이 무릎 꿇고 기도하는 모습이 바로 연상되더군요. 위로 높은 게 아니라, 옆으로 길쭉한 묘비가 모두 똑같았으니까요. 맨 앞쪽에 있는 제대 뒤로 층층이 나란히 꾸며진 봉분 또

한 네모진 둘레석 위로 조금 두드러지게 마른 잔디가 덮여 있을 뿐이었어요.

묘비에 쓰인 내용도 단출하기 그지없었어요. 이름과 세례명 뒤에 신부 또는 수사, 그 밑에 영문 이름과 생년월일과 종신서원 날짜와 서품 받은 날짜와 선종한 날짜가 전부였어요. 수도원 사람들이 무엇을 중요하게 여기는지가 그 안에서 다 읽혀졌지요.

아래 위를 다 다니면서 훑어보니, 딱 두 분의 묘비 앞에만 작은 천사상과 성모상이 놓여 있었어요. 한 분은 대수도원장인 아빠스고 한 분은 지난 해 배 농장에서 사고로 돌아간 분이었어요. 나중에 들으니, 그것도 수도원에서 특별히 여겨 갖다 놓은 게 아니라 지인들이나 가족들이 다녀가면서 놓아둔 것이라고요.

살면서 지녔던 지위에 따라 달라지는 게 아무 것도 없는 마을이라는 생각이 또 한 번 들었어요. 거기다 수도원이 북한에 있을 때 그곳에서 억류되어 돌아간 분들의 추모비에도 주교와 신부와 수사의 이름이 똑같은 크기의 글씨로 줄만 바꾸어 새겨져 있어, 그런 생각을 확인시켜 주는 듯했어요.

국립묘지만 해도 장군 묘역과 병사 묘역이 엄연히 구분되고, 문중 묘지에서도 벼슬을 한 사람은 갓비석을 세우는 등 죽어서도 살아서의 지위가 그대로 남는데, 그게 남은 사람의 자랑이 되기도 하는데. 그곳에서만큼은 그 법칙이 깨지고 있다는 게 앞에 내려다보이는 강에서 불어오는 찬바람만큼이나 머릿속을 명징하게 해주더군요.

그러고 나니 용산 성당 뒤에 있는 성직자 묘지에 가서도 같은 빛깔의 느낌을 받았던 기억이 나는 거였어요. 삼십여 년 전에 벌써 일흔 명이 넘는 신부님들이 묻혀 있었는데, 둘레에는 야트막한 철책이 쳐져 있고 가운데 계단을 중심으로 묘가 층층이 늘어서 있었어요. 맨 위로는 제대가 있고 김대건 신부님상과 성모상이 세워져 있었고요.

잔디가 파랗게 덮인 평평하고 네모난 봉분과 그 앞에 있는 납작한 비석들은 오후의 햇살을 받아 평화롭기 그지없는 풍경을 만들어내고 있었지요. 끝까지 사제의 길을 걸어간 그분들만이 지닐 수 있는 영혼이 안식을 보는 것도 같았어요.

게다가 그런 평화로움을 더해주는 게 뭐였는 줄 아세요. 묘 사이사이로 뛰어다니며 재미나게 놀고 있는 몇 명의 아이들. 치맛자락을 나풀거리는 한 여자 아이는 아예 비석 위에서 깡충거리고 있었지요. 성직자 묘지가 여지없이 동네 아이들의 놀이터인 셈이었어요.

묘지인데도 아이들이 전혀 무서워하지를 않는 모양이네요 했더니, 동행해준 그곳 성당의 신부님 말이 무서워하기는커녕 딱 좋은 놀이 장소로 여긴다며 어떤 때는 개들까지 와서 함께 뛰논다고 웃는 거였어요. 그때 스친 생각이 있었지요.

'그래. 자기를 버리고 다른 이들 삶의 어려움을 메워주기 위해 애쓰다 간 저분들은 죽어서까지도 자기 안식의 자리를 마땅히 놀 곳이 없는 도심의 아이들에게 기꺼이 내주고 있는 거로구나. 그래서 이곳이 이렇게 평화롭게 느껴지는 것이로구나.'

강바람이 얼굴을 시리게 하는 탓에 눈이 다시 수도원 묘지로 돌아오니, 십일 월의 첫날 아침에 마주친 수사님들의 모습이 떠올랐어요. 위령성월이 시작되는 날이라 모든 형제가 함께 모여 먼저 간 형제들의 마을에 가서 기도하고 장미를 한 송이씩 놓아드리고 오는 길이라고 했었거든요.

봉분 위에 놓인, 끝이 은박지로 싸여진 마른 줄기들이 그거였어요. 꽃잎은 말라서 바람에 날아가 버리고 그렇게 줄기들만이 남아 있었던 거지요. 그 속에서 수사님들의 기도 소리가 아직 남아 이어지고 있는 듯 하더군요. 그러고 나니 그곳에 들르기 전에 만난 또 한 수사님의 이야기가 생각나는 거였어요.

"어느 문중 묘역에 갔더니 일반 잔디 대신 꽃잔디로 바꾸어 심었다는데, 봉분까지 다 뒤덮은 모양새가 아주 보기 좋았어요. 우리 수도원 형제들 묘지에도 그렇게 꽃잔디를 심으면 화사해서 참 예쁠 텐데. 봄이 더욱 봄 같을 텐데."

그 말이 왜 그렇게 아프게 들렸던 걸까요. 세상적인 화사함에는 일부러 눈 안 돌리려고 애쓰며 검은 수도복 안에서 살다 간 형제들의 내적 여정을 누구보다 잘 아는 까닭에, 그 뒷자리나마 고운 빛깔의 자잘한 꽃을 피우는 잔디로 덮어 주고 싶은 심정으로 여겨진 때문이었겠지요.

육년 전 먼저 하늘 길을 걸어가 버린, 조경을 하던 남편이 곁에 있다면 내년 봄 다른 공사는 다 제쳐두고 이곳에 와 지면 패랭이꽃으로도 불리는 꽃잔디를 심어 달라고 할 텐데. 그리하여 어느 곳에서보다 그 꽃이 지닌 화사함이 값을 발하게 할 수 있을 텐데. 삶이란 항상 이렇게 아쉬움 속에 이어지게 마련인가 봐요.

# 꽃값

## 스물 둘

"선생님은 일 년에 꽃값으로 얼마나 쓰세요."

학교를 떠난 지도 십 년인데, 옆 자리 선생님이 뜬금없이 건넸던 말이 지금도 기억나는 건 그만큼 인상적이었다는 뜻이겠지요. 그는 마지막 자리에서도 배웅하는 말 대신 꽃 얘기를 하며 손을 내밀었어요. 선생님 책상에 꽂힌 꽃을 보면 요즘이 무슨 꽃의 계절이구나 하고 알 수 있었는데 아쉽네요라고.

그 땐 학교로 향하는 길목에 꽃집이 있어서 수시로 들르곤 했어요. 일찍 집을 나서 모처럼 여유 있는 발걸음이 되는 날 꽃집 문이 열려 있으면 뛸 듯이 반가웠지요. 생각해 보세요, 그 분주한 출근길에 꽃을 사들고 가는 마음이 얼마나 봄빛이었을지를. 게다가 복도에서 만나는 선생님들에게서 날아오는 인사도 이내 교무실로 따라 들어와 환한 분위기를 만드는 바람에, 무슨 선행이라도 한 양 흐뭇했어요.

그렇게 사다 꽂는 꽃을 보며 제일 좋아라 하던 옆 자리 선생님이 일 년에 꽃값으로 얼마나 쓸까를 생각해서 묻다니, 어이없는 웃음이 나오기도 하고 한 번쯤 생각이 머물렀어야 했는데 싶기도 했어요.

그 말을 듣기 전까지는 꽃을 사는 데만 열중했지 값을 헤아려 본 적이 없었거든요. 딱히 학교 길목의 꽃집이 아니더라도, 꽃집 앞을 그냥 지나치기보다는 문을 밀고 들어가 어떤 꽃이라도 사들고 나오는 때가 많은 게 사실이었으니까요. 다른 걸 사려고 나갔다가 눈길을 끄는 꽃을 보고는 마음이 온통 그쪽으로만 쏠려서, 꽃부터 먼저 그것도 흡족할 만큼의 양을 사서 안고 돌아온 적도 있었지요.

염두에 두지 않고 쓴 꽃값을 다 더하면 꽤 될 것 같은데, 이제부터라도 꼬박꼬박 적어 볼까. 그랬다가 어림짐작한 범위를 훨씬 넘어서기라도 하면 질겁해서, 앞으로는 꽃값을 쓰는 데 인색해질 수도 있겠지 하는 생각이 새삼 들더군요.

이런 저런 상념에 사로잡혀 머릿속 숲길을 오락가락하고 있노라니, 눈앞에 있는 나무의 가지에 가만히 앉아 있던 깨달음의 새가 갑자기 푸드득 하고 날갯짓을 하며 하늘로 날아오르는 게 느껴졌어요.

"아, 그동안 쓴 꽃값은 마음값이었구나. 하나도 아깝지 않았던 이유가 바로 그거였구나."

학교 책상 위에 꽃을 사다 꽂을 때는 나와 마찬가지로 아이들 소리에 지친 선생님들의 표정을 조금이라도 풀어 주고자 하는 마음이 담겨 있었을 테고, 기쁜 일이 있거나 슬픈 일이 있는 곳에 가며 꽃다발을 샀을 땐 말로는 다 표현이 안 되는 마음을 전하기 위해서였을 테니, 그로 하여 쓴 꽃값이 곧 마음의 값이 되는 이치를 그제야 안 거였어요.

학교를 그만둔 다음 해, 처음으로 가르치는 아이들 없이 맞은 스승의 날이었던가요. 안 그래도 교실 문 앞에서부터 가슴에 꽃을 달아 주고 안겨 주던 아이들의

교탁이 모자랄 정도로 넘치던

꽃바구니와 꽃다발을 마련하기 위해

내 반 아이들과 어머니들은

그 날 얼마나 많은 꽃값을 썼던 걸까.

기억이 되살아나서 허전한데, 그보다 더 마음을 힘들게 하는 게 있었어요.

"교탁이 모자랄 정도로 넘치던 꽃바구니와 꽃다발을 마련하기 위해 내 반 아이들과 어머니들은 그 날 얼마나 많은 꽃값을 썼던 걸까."

그 무렵이면 몇 배로 오르는 꽃값을 모으려고 꽤 오래 저금을 한 아이도 있었을 테고, 끝내 그 값을 얻지 못해 무심한 척 꽃집을 지나쳐 와서는 멋쩍은 손바닥으로 박수만 쳐댔을 아이도 분명 있었을 텐데. 그 모든 게 담임인 나를 위해 그들이 쓴 마음값이었는데, 코끝 찡하게 고마워는 하면서도 그 귀함을 온전히 헤아리지 못한 채 떠나고만 거였어요.

사는 게 다 그런 거라지만, 왜 꼭 지나치고 나서야 진작 그 가치를 알지 못했던 우매함에 안타까워해야 하는지. 생뚱맞기는 해도 영화에 나오는 '시간 이동'이라는 게 가능하다면, 그 때로 돌아가 눈물어린 눈빛으로 마음값에 대한 신실한 인사를 할 수 있을 텐데 싶어 해거름이 될 때까지 가슴이 짠했어요.

한데, 그 하루가 마침표를 찍기 전에 어떤 일이 일어

났는지 아세요. 퇴근길 남편과 하굣길 아들이 집 근처 꽃집에서 일부러 만나 큼지막한 꽃바구니 하나를 사가지고 와서는, 현관문을 열어주는 내 앞에 불쑥 내미는 거였어요. 그러면서 건네는 말은 또 얼마나 두미가 없었는지요.

"어제 저녁에 사면 꽃값이 너무 비쌀 것 같아서, 오늘 저녁에 사기로 합의를 봤지. 스승의 날이 다 지나간 건 아니니까 분명히 성의 표시는 한 거야."

넘쳐나던 꽃의 기억에 묶여 하루를 쓸쓸하게 보낼 날 위해서가 아니라, 이미 허전하게 보내고 난 뒤의 날 위해 두 남자가 쓴 꽃값이 아무리 저녁이라고 해도 만만치는 않았을 텐데. 그걸 오히려 깎아먹는 형편없는 말값에 짐짓 눈을 흘기는 척하기는 했지만, 마음값은 더할 수없이 고마워 입가엔 웃음이 번져갔어요.

# 꽃값

## 스물 셋

그 미쁜 아이들을 그리 두고 떠나는 게 아니었어요. 길지도 않은 여섯 달, 일 학기만 마친 채 돌아서지 말고 기다렸다가 내 손으로 졸업까지 시켜 주었어야 하는 건데 말이에요.

대학 사년 내내 품었던 바람이 병설 학교의 국어교사였지요. 그게 이루어져 줄지어선 벚나무의 단풍이 바라다 보이는 교실에서 수업을 하게 되었을 땐 끝까지 머무르리라 했었어요.

한데 이십 년이 지난 어느 날부턴가 반복되는 일정이 지루해지기 시작하더군요. 차츰 커져간 지루함이 그

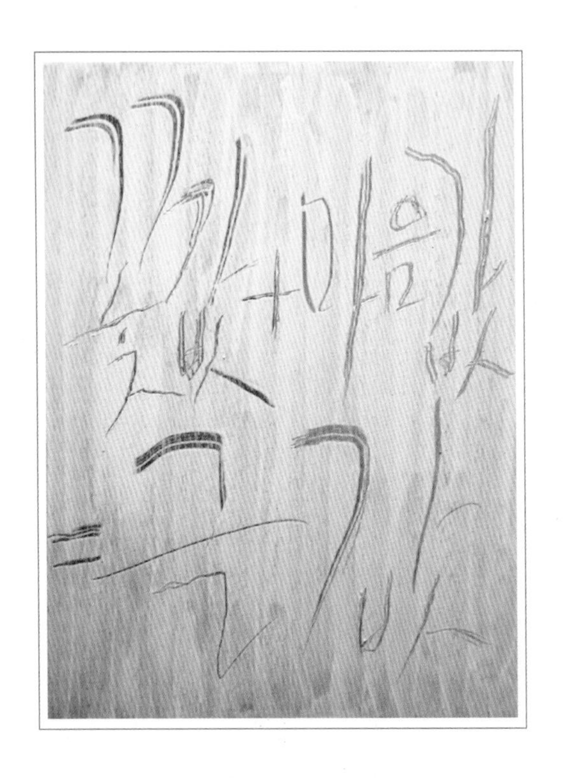

가을 수업 시간에 예시적인 느낌을 불러 왔던 걸까요. 아이들이 책을 읽는 동안 창밖으로 눈을 돌렸는데 붉은 잎새를 단 벚나무들이 다가오더군요.

'올 단풍은 유난히 곱구나. 내년에도 볼 수 있을까.'

그게 시작이 되어 이듬해 신학기가 오기 전에 그만둘 결심을 굳히고야 말았어요. 이미 작정을 했으니 담임은 맡지 말아야 하는 거였고요. 그런데 담임을 할 교사가 부족해서 일 학기만이라도 맡아 달라는 게 교장선생님의 간곡한 부탁이었어요.

처음부터 비밀을 안고 만나기 시작한 아이들이 왜 그렇게 미더웠던 걸까요. 인사를 나누는 순간부터 눈빛에서 힘이 느껴지는 녀석들이었어요. 게다가 첫 종례가 끝나자마자 교무실 문을 밀고 들어온 한 녀석의 말이 또 뜻밖이었지요. 비록 성적이 일등은 아니지만 반 아이들을 이끌어갈 자신이 있으니, 반장을 시켜달라는 거였으니까요.

얼마 후 선거를 했더니 반 전체가 그 녀석을 향할 만큼 호응도가 높더군요. 담임인 나보다 더, 삐딱하게 구는 아이들을 다루는 힘이 있어서 오히려 도움을 청할 정도였어요. 그런 반장을 중심으로 하나가 되곤 하는 아이들은 성적도 줄곧 선두였고요.

일 학기를 한 달 정도 남긴 무렵에 했던 수업 또한 그 많은 수업들 중 으뜸이었지요. 황순원 선생님의 소나기를 분단별로 준비시켜 발표하게 했더니, 얼마나 재미난 광경이 기다리고 있었는지 아세요.

작품 중간에 산을 향해 간 소년과 소녀가 꽃을 꺾는 장면이 있는데, 도심에서는 쉽게 볼 수 없는 꽃들이었어요. 그걸 식물도감에서 찾아 도화지에 일일이 그려 색칠을 해서 오려가지고는 글쎄, 물을 떠다 마시는 주전자에 꽂아 교탁에 올려놓아둔 거였어요.

소년과 소녀의 역으로 뽑힌 아이들이 나와 어설프게 연기하는 도중에 '이게 들국화, 이게 싸리꽃, 이게 도라지꽃' 하다가, 또 '이건 마타리꽃' 하고 종이꽃을 집어 드는 데 뭐가 틀렸는지 뒤에선 '야야, 그게 아니야' 하고 손나팔을 하고. 모두들 끝나는 종소리가 날까봐 걱정스러워할 만큼 생기가 돌았어요.

'소나기' 수업을 마치고 나서야 작가가 나의 선생님이었다는 말을 했어요. '작품에서의 여백 – 보는 사람 마음대로 느끼고 생각할 수 있도록 비워두는 여유 – 을 강조하셨다고, 그래서 강의 시간에 말없이 앉아만 있다가 끝나기도 했다는 이야기를 들려주었지요.

일 학기가 끝나기 일주일 전, 처음부터 떠나기로 예정이 되어 있었다는 말을 꺼내야만 했을 때는 낭랑하던 목소리가 잠겨서 제대로 나오지를 않더군요.

"미안하다. 이렇게 두고 가면 안 되는 건데."

교실은 그 순간 모든 게 얼어붙은 겨울이 되어 버렸고, 아이들의 얼굴을 스쳐가는 그 아쉬움, 실망감, 그리고 배신감까지. 아직 일주일은 남았으니까 하는, 말도 안 되는 말로 얼버무리며 교단을 내려설 때는 죄라도 지은 심정이었어요.

마지막 인사를 하는 날은 마음을 다졌지요. 아이들이 고운 눈빛으로 대하지 않더라도 결코 서운해 하지 말자, 내가 그들을 두고 나오는 거니까 당연하다 하면서 말이에요. 한데 교실 문을 열었을 때 어떤 일이 생겼는지 짐작이나 하실까요.

주전자에 꽂힌 종이꽃이 놓여있던 교탁엔 분홍 장미가 탐스럽게 꽂힌 꽃바구니가 놓여 있고, 그걸 보고 기뻐할 내 얼굴을 기다리느라 아이들은 하나의 눈빛이 되어 앉아 있는 거였어요. 안 그래도 미안해서 눈이 흐려진 내가, 눈물 많기로 알려진 국어 선생님이었던 내가 어찌 눈물을 흘리지 않았겠어요. 칠판을 향해 돌아서고만 내 귀에 들려오는 반장의 목소리는 더욱 그리하게 만들었고요.

"선생님. 이거 백송이에요. 우리가 용돈 모아서 샀어요. 글 많이 쓰시라고요."

"너희들이 싫어서 가는 게 아니야. 너희들의 이야기는 꼭 글로 써서 전하마."

이 학기 들면서 새로 맡은 담임이 생활지도에 애를 먹는다는 말, 성적도 나빠져서 전혀 다른 반이 되어버린 것 같다는 말. 그 소식들은 가슴에 스산한 바람을 일으키기에 충분했고, 그 아이들이 졸업을 할 때까지 글 한 편 쓰지 못한 채 서성이기만 하다가 말았지요.

백 원, 천 원을 모아 마련했을 백송이 장미 꽃바구니를 받아들며 했던 약속, 너희들의 이야기를 꼭 글로 쓰마 했던 것도 십 년이 지난 지금에야 지키고 있으니. 그렇게 떠나는 선생님을 위해 아이들이 썼던, 꽃값이 아닌 마음값을 이제야 모자라는 글로 갚는 셈이군요.

# 꽃값

## 스물 넷

지리산 노고단 산장에서 만났던 너희들 노랑의 꽃무리는 삼십 년 가까운 시간이 흐른 오늘까지도 탄성 가득한 환희의 얼굴로 다가오곤 하는데. 크지 않은 송이로 피어난 풀꽃도 무리를 이루면 양팔 벌린 가슴이 버거울 만큼의 기쁨으로 다가온다는 걸 알게 했었는데. 내가 근무하는 학교 등산반 학생들의 여름 산행에 따라나선 길이었지.

기차로 구례까지 가서 다시 차로 갈아타고 구불구불한 산길을 오르는데 어둠이 얼마나 짙은지, 칠흑 같다는 말은 이럴 때 쓰는 거구나 하고 실감이 났어. 드디어 불 밝힌 산장에 이르러 바로 잠자리에 들었다 눈 비비며 일어났을 때, 퍼져가는 아침 햇빛 안개 속에서 만난 너희들. 무리를 이루며 피어 있는 산비탈의 너희들은 잿빛 도심에서는 아무리 헤매 다녀도 좀처럼 구할 수 없는 밝음 그 자체였어.

그래서 예부터 너희를 일러 시름을 잊게 하는 꽃이라 했을까. 걱정을 지고 산길을 오르다 문득 너희를 만나, 그 환한 꽃빛에 끌려 잠시 앉았다 밝은 맘으로 일어났던 기억이 입에서 입으로 전해져서 말이야. 나 또한 너희들의 그 노랑빛 얼굴 얼굴을 대하는 순간 세상을 배회하는 어둠, 내 안에 똬리 틀어 떠나지 않는 어둠을 잠깐 뒤로 할 수 있었으니 말이야.

한데 그런 밝음으로 기억되는 너희들의 모습을 왜 여태 내가 써온 꽃 이야기에 담아내지 않고 있었던 건지. 한두 번 쓰려고 마음먹었다가는 뭔가의 기다림이 더 필요할 듯해 덮어 두며 왔는데. 이 오월, 여름 꽃인 너희가 피어나기엔 아직 이른 계절에 너희의 기억을 이리도 지독하게 가슴을 파는 슬픔으로 치환하게 될 줄은 생각조차 못 했구나.

노랑, 노랑, 노랑의 리본으로 만들어진 너희를 닮은 꽃송이가 노고단의 산비탈이 아닌 서쪽 바다 팽목항에서부터 시작해 내가 사는 소도시의 도로변 나무, 이 나라 사람 모두의 가슴 위에서 피어나 군락을 이루며 안타까운 죽음을 기리게 될 줄은. 시름을 잊게 한다던 너희 꽃송이가 시름이라는 말은 고개조차 들지 못 할 슬픔의 대변자가 되어 올 줄은.

갑판에서 캠프 화이어를 할 수 있다는 즐거움 가득 안고 재갈거리며 떠난 수학 여행길이 거대한 몸집의 배와 함께 가라앉아, 바다 속에 그 웃음을 가두어야 할 여정이라는 걸 꿈에나 알았을까. 마구잡이로 실은 짐에, 뒤도 안 돌아보고 달아난 어른들의 몰염치에 바로 저희들 목숨이 대가로 지불될 거라는 몸서리쳐지는 사실을 말이야.

게다가 나는, 교사였던 기억과 그 바다에서 스쿠버 다이빙을 한 기억까지 겹쳐 무심히 바라보기가 좀 더 힘들었노라고 말한다면 그 또한 너무나 사치스러운 감정의 토로가 될 뿐이겠지. 노고단에서 시작된 지리산 종주 산행 내내 학교 밖에서 만나는 선생님의 몸짓 하나 하나를 재미있어 하던 – 지금은 장성하고도 남았을 등산반 학생들의 목소리는 왜 또 새삼스레 살아나 귓가를 연신 맴도는 건지.

하긴 그들은 항상 그랬었지. 평소엔 마음에 안 든다고 툴툴대던 담임이라도 소풍길이나 수학 여행길에서는 저희 곁에 머물러주기를 바라는 간절한 눈빛이었으니까. 장기자랑 시간에도 반드시 있어야 하는 건 그런 담임의 응원이었고. 그걸 누구보다 잘 아는 까닭에 똑같은 생각이 머리를 맴돌다 입 밖으로까지 나오더구나.

"나 아직도 교직에 있었다면, 그래서 저 수학 여행길의 인솔 교사였다면 그들과 함께 물이 차오르는 선실에 남아 마지막 눈빛을 주고받아야 했겠지. 남은 가족의 안타까운 울부짖음을 뒤로 하고라도. 담임을 끝까지 믿는 그들을 저버릴 수는 없었을 테니까."

그에 더해 한두 번 그 쪽 바다에 들어갔던 기억까지 되살아났지. 장비를 다 갖추고 뛰어 들었을 때도 그 바닷속은 감당하기가 힘겨웠어. 짝과 마주보며 입수를 했는데 십여 미터가 넘는 바닥에 닿자 코앞에 갖다 댄 손가락도 보이지 않을 만큼 어두웠지. 당황해서 떠올라 보니, 나와 마찬가지로 바닥에 내려갔다 올라온 짝의 머리가 한참 떨어져서 보이는 거였어. 조류가 심해 내려가는 동안 밀린 거였지.

그렇게 어둡고 유속이 빠른 바닷물 속으로 가라앉아 버린 배 안에서, 기다리라는 지시만 믿고 구명조끼를 입은 채 서로 부둥켜안고 있었을 그들의 모습이 줄곧 눈앞을 오락가락해 한숨어린 눈물의 연속이었어. 지금도 험한 꿈을 꿀 때면 어김없이 한 장면으로 다가오는 그 바닷속의 차디찬 어둠에 갇혀 있을 얼굴들은 이미 절망의 이름표를 단 것을.

잠수부들의 안간힘으로 하나 둘씩 수백에 이르는 그들의 어린 몸이 건져 올려지는 한 달 넘는 시간 동안, 이제는 근심을 불러온다고 말해야할 너희를 닮은 노란 리본 꽃이 피어나고 또 피어나는 걸 지켜보며 품을 수 있는 바람은 정녕 하나뿐이더구나.

야속하기만한 바다의 어둠 속에서 그렇게 꺾여버린 저들 목숨을 높은 산 햇빛 안개 속에서 피어나는 너희들 화신으로 만들어 주려무나. 하나의 꽃대에 여러 개의 봉오리가 달리기는 하지만 차례대로 피어나는 꽃송이의 수명은 단 하루뿐이라는 너희와도, 그 목숨의 짧음이 매우 닮았으니 말이야. 그리고 그것이야말로 뒤늦게 내가 찾아낸 원추리, 노란 너희들의 슬픈 값이 되는 거겠지.

꽃값

## 스물 다섯

이미 가족을 둘이나 떠나보냈는데, 그 집에 대한 애착이 뭐가 남아 있었겠어요. 한데도 막상 떠날 날이 가까워오니, 삼십 년을 머문 공간에 대한 예의는 지켜야 하지 않나 싶더군요.

늘 오가던 시장 꽃집에서, 봄을 앞당기기라도 하듯 피어 있는 하얀 금어초를 세 묶음씩이나 사들고 온 건 그래서였을까요. 옮겨갈 아파트는 그 집의 반밖에는 안 돼서, 버릴 짐은 짐대로 내가고 가지고 갈 짐도 대충 싸기 시작한 터라 꽃병을 찾기도 어려웠어요.

부엌에 있던 오지항아리에 줄기를 반쯤씩 잘라 꽂아

놓으니 하얀 등불이 켜지기라도 한 양 집안이 밝아졌어요. 산란하기 그지없던 분위기를 한결 생기 있게 만들어 주는 꽃들에게 오히려 고마워졌고요.

윗 꽃잎 두 장과 아래 꽃잎 세 장이 붙어 이루어진 모양새가 금붕어를 닮았다고 금어초로 불리는 그 꽃은 오래 가곤 했어요. 긴 대에 붙어있는 꽃송이가 아래서부터 피어 올라가는데, 시든 꽃을 따주면 새 꽃송이들만 남아 싱싱함이 유지되는 게 특징이었거든요.

이번에도 예외 없이 떠나는 날까지 일 주일 정도를 그렇게 피어 있었지요. 게다가 짐 정리를 하며 오가다 눈길이 머물면, 꽃송이들이 금붕어처럼 빼끔거리며 자꾸만 뭔가를 말하는 듯해서 지나간 날을 떠올리지 않을 수가 없었어요.

돌아보면 나의 결혼 생활은 그 집에서 시작해 그 집에서 끝이 나는 거나 마찬가지였으니까요. 어딘가를 가려고 나서면 시어머님과 남편이 앞서고 나와 아들이 뒤따라 두 쌍의 모자가 걷는 게 어느 무렵까지의 그 집 대문 밖 풍경이었어요.

그러다 앞서 가던 어머니와 아들이 십년 사이에 황

망히 떠나고, 앞서 가던 아들만큼 몸집이 커진 아들을 데리고 내가 그 집을 떠나기로 작정을 한 참이었으니. 그걸 말릴 여력조차 없어진 그 집이 꽃의 입술을 통해서나마 그곳에 머문 동안의 고운 기억들을 되살려 마음 갈피에 꽂아주려 한 건 아니었을지요.

처음 그 집에 들어가 살게 되었을 땐, 단풍나무 한 그루와 자배기만한 연못이 있는 마당이 무엇보다 마음에 들었어요. 다음 다음 해 여름 담장에 빨간 줄장미가 필 무렵 태어난 아들은 마당에 분필로 제 이름을 쓰며 놀았고, 할머니를 졸라 금붕어를 사다 연못에 넣고는 손가락으로 헤엄을 치며 자라났고요.

몇 년 후 옆집과 더불어 재건축 결정이 나는 바람에 석 달쯤 떠났다 돌아가 보니, 다가구 주택으로 지어진 그 집엔 단풍나무도 연못도 줄장미도 남아 있지 않았어요. 내부가 아파트 못지않게 산뜻하기는 했지만, 현관에서 몇 계단 내려서면 바로 대문인 비좁은 공간으로 변해 버렸더군요.

일층만 쓰며 한동안 지내다가, 지하층은 그대로 세를 주고 나와 남편이 세 주었던 이층을 쓰기로 했을 때. 아들 며느리가 따로 살림을 나기라도 하는 양 아쉬워하던 시어머님 얼굴은 아직도 눈에 선해요. 스물에 혼자되신 분이니 그럴 만도 하셨겠지요.

이층에서 연결된 옥상까지 우리 차지가 되면서는 눈 초롱초롱한 진돗개도 한 마리 키우고, 중학생 교복을 입게 된 아들은 하늘 맑은 밤이면 옥상방에 둔 망원경을 꺼내 별을 보곤 했어요. 그 덕에 토성의 둥근 얼음띠를 볼 수 있었던 건 가족 모두에게 즐거움이었고요.

그 안온함도 길지는 못 해, 육십 중반에 뇌암으로 쓰러진 시어머님이 – 그리도 아끼던 자개장농과 문갑이 있는 당신의 안방에서 숨을 거두신 게 오 년 뒤였나요. 집에서 상을 치르고 어머님의 관이 나가던 날 아침엔 퍼붓듯이 비가 내려 얼굴에서 흘러내리는 게 눈물인지 빗물인지조차 알 수 없었지요.

한데 누가 알았겠어요. 슬픔에 겨운 남편이 이층에 있던 자기 물건들을 시어머님의 방으로 옮겨 생활하기 시작한 지 십년이 지났을 때. 이번에는 자기가 또 육십이 채 안 된 나이로 어머님을 따라가게 될 줄을. 그러려고 그 사람은 이제 그만 그 집을 떠났으면 하는 내

바람을 아는 척도 하지 않았던 걸까요.

남편이 간 후 내겐 하루라도 빨리 그 집을 떠날 생각밖에는 없었어요. 상속 절차가 끝나자마자 내놓은 집이, 그것도 그 겨울에 두 달 만에 팔린 건 그만큼 필사적이었다는 뜻이겠지요. 집 또한 붙들기를 포기했다는 뜻이기도 할 테고요.

따지고 보면 앞서 걷던 어머니와 아들이 그리 서둘러 떠나고, 뒤따르던 어머니와 아들이 남아 짐을 꾸리게 된 게 어찌 집 탓이겠어요. 그 집에 살면서 몸 관리를 못한 탓이거나, 애초에 주어진 목숨이 거기까지인지도 모를 일인 것을.

이사를 하는 날은 짐을 나르러 온 사람들이 어찌나 일찍 들이닥쳐 빠르게 움직이는지, 떠나는 눈빛을 남길 겨를조차 없더군요. 꽃대를 뽑아 대문 앞에 놓고 항아리를 들고 돌아선 게 다였지요. 금어초를 사며 치른 값은 남은 어머니와 아들을 잘 떠나게 해준 그 집에 대한 예의를 지키기 위해 쓴 꽃값이었던 거예요.

꽃값

## 스물 여섯

정확히 십칠 년을 만나는 동안 단 한 번도 얼굴을 붉히거나 목소리를 높인 적이 없는 인간관계가 있다면 믿으시겠어요. 아니, 겉으로만 그리 편안했던 게 아니라 마음으로도 긁힌 상처 하나 없는 관계였다면요.

우리 아줌마하고의 만남은 내가 가장 어려웠던 시기, 결혼해서 십오 년을 이어온 삶의 방식이 송두리째 무너져 내려 도무지 어찌할 바를 몰라 하던 때였지요. 아시잖아요. 시어머님이 모든 살림을 도맡아 하며 아들까지 키워주셨기에, 학교 나가는 일과 글 쓰는 일에 지장을 받아본 적이 거의 없는 생활이었다는 걸요.

그런 일상이 순식간에 깨진 건 시어머님이 토하며 머리가 아프다고 한 아침이었어요. 나는 그냥 출근을 하고 남편이 가까운 병원으로 모시고 갔는데, 오후가 되도록 연락이 없는 거였어요. 전날 퇴근하는 버스 안에서 잠깐 졸았을 때 가슴 한가운데로 시커먼 게 툭 떨어지는 느낌에 놀랐었거든요. 불안한 예감은 그대로 사실이 되고 말았지요.

저녁이 다 되어 남편에게서 연락이 왔는데, 뇌에 이상이 있는 것 같다고 해서 종합병원으로 왔으니 빨리 오라는 말이었어요. 그때까지만 해도 그리 큰일은 아니겠지 했던 내가 얼마나 한심했는지요. 검사 결과가 밤늦게야 나왔는데, 악성 뇌종양이라 서둘러 수술을 해야만 한다는 거였어요.

내 머리를 스치는 건 '이제 어떻게 하나. 무엇부터 해야 하나' 하는 생각뿐, 어머님 걱정은 오히려 뒤였어요. 그 후에 벌어진 일들은 지금 떠올려도 가슴이 서늘할 뿐이에요. 퇴원하신 뒤 집에서 어머님을 돌보아 주며 살림을 해줄 사람이 급선무였어요. 그 때 친척의 소개로 우리 집에 와준 분이 아줌마였지요.

내가 학교를 그만두는 수밖에 없다고 결론 내릴 무렵에 오셨던 거예요. 알고 보니 내가 그분의 아들을 가르치기도 했더군요. 그 덕분에 삼 년을 더 채워 연금을 받을 수 있는 연한이 됐고, 뒷날 남편까지 앞서 보낸 내가 연금 생활자가 되었으니 아줌마의 은덕은 거기까지 미쳤다고 해야겠지요.

집에서 치른 어머님의 장례 때도 아줌마는 모든 음식 준비를 도우미와 함께 도맡아 해주셨어요. 어머님도 마지막에 아줌마를 부르고 가실 정도였거든요. 내가 학교를 그만둔 뒤에도 일주일에 두세 번은 오셔서 반찬은 물론 김장을 다 해주시곤 했어요. 문중 시제에 쓸 그 많은 양의 음식을 선뜻 하마고 했던 것도 아줌마를 믿은 때문이었고요.

그러면서 십 년이 지났을 무렵, 남편이 또 복통으로 응급실에 들어간 지 이틀 만에 대장암 선고를 받고 말았지요. 그 때도 제일 먼저 울면서 찾은 게 아줌마였어요. 아줌마만 있으면 어떤 일도 헤쳐 나갈 수 있다는 생각이 강했으니까요. 남편을 화장해서 선산에 안장하는 일도 아줌마가 그림자처럼 내 곁을 지켜주셔서 가능했어요.

내가 수리산 자락으로 옮겨온 뒤엔 가끔씩 와서 김밥 말아주시던 그 아줌마가요, 당신 시어머님 제사에 쓸 돈 찾아가지고 건널목 건너다가 버스에 머리를 부딪쳐 돌아가시다니요. 아줌마 전화벨이 울리기에 반색을 하며 받았더니, 아줌마 목소리 대신 딸의 울음소리였어요. 병원으로 옮겼는데 바로 운명하셨다고요.

그때부터 온몸이 떨리며 그냥 머리가 멍해지더군요. 당신 자식만큼이나 예뻐하던 아들과 내가 할 수 있는 일이라고는 검은 옷 찾아 입고 문상을 가는 것 밖에 없었어요. 부의금이야 체면을 위한 거고 아줌마를 위해 가져갈 수 있는 건, 빠듯한 살림에 꽃을 그리 좋아하면서도 결코 마음 놓고 사보지 못 했을 하얀 장미 서른 송이 뿐이었지요.

"아줌마, 이것 밖에는 드릴 게 없네요. 편히 가세요."

아줌마의 아들과 딸도 내 손을 잡고 울음을 터뜨렸어요. 발인은 다음 날 새벽 다섯 시. 집에 왔지만 거의 한숨도 못자고 새벽 세 시에 떠나 예배를 함께 봤어요. 아줌마의 마지막 가시는 길이나마 끝까지 함께 해야겠다는 생각이었으니까요.

화장장에서 기다린 한 시간 반은 아줌마와 못 다한 이야기를 마음으로 주고받은 시간이었다고 해야 할까요. 영정 사진이 우리 집 근처의 철쭉 동산에서 내가 찍어드린 것이라 더욱 그런 느낌이 들었어요. 아들 결혼시킬 때도 아줌마부터 찾았을 텐데 이젠 어쩌지요 하는 말만 머릿속에서 되풀이 되더군요.

유골함을 안장할 추모공원은 빗길을 달려 한참을 가서야 도착했어요. 비안개가 낀 숲속에 자리한 곳이라, 아줌마가 좋아하시겠구나 싶으면서도 외롭겠다는 생각이 먼저 들었어요. 살던 자리에 새로 삼층 빌라 지어다 세주고, 당신은 반 지하에 기거하면서 그것도 뿌듯하다던 목소리는 이제 바람 소리 안에서나 들어야겠구나 싶어 또 울음이 나왔지요.

지친 얼굴로 돌아오는 차 속에서 아들과 나는 똑같은 말을 주고받았어요. 생활이 고달파도 한 점 내색 없이 늘 환한 얼굴로 주어진 일을 하던 아줌마는 바로 천국에 가셨을 거라고, 그리고 우리 할머니와 아버지도 반갑게 만나셨을 거라고요.

"너희 문중 조상님들도 고맙다고 인사할 거다. 시제 때마다 아줌마 음식 드셨으니까."

그건 결코 웃음의 소리가 아니었어요. 아줌마처럼 누구에겐가 진정한 은인으로, 좋은 기억으로만 남을 수 있는 사람이 과연 몇이나 될까요. 이렇게 남아 있는 나부터 결코 그리 될 자신이 없으니 말이에요. 마지막으로 드린 하얀 장미의 꽃값이 바로 그거였던 거지요.

누구에겐가 진정한 은인으로, 좋은 기억으로만

남을 수 있는 사람이

과연 몇이나 될까요.

# 은전 세 닢

2015년 5월 1일 초판 1쇄 인쇄
2015년 5월 8일 초판 1쇄 펴냄

지은이 | 이정원
펴낸이 | 이철순
디자인 | 이성빈

펴낸곳 | 해조음
등　록 | 2003년 5월 20일 제 4-155호
주　소 | 대구광역시 남구 중앙대로 51길 11, 2층
전　화 | 053-624-5586
팩　스 | 053-624-5587
e-mail | bubryun@hanmail.net



ISBN 978-89-92745-45-1 03810
• 잘못된 책은 바꾸어 드립니다.　• 책값은 뒷표지에 있습니다.